ファン文庫
TearS

カフェであった泣ける話

～涙の味はビターブレンド～

JN109263

株式会社 マイナビ出版

TearS

CONTENTS

ひなたの傷

澤ノ倉クナリ

すっかり行きつけになったカフェの片隅で、窓の外の落ち葉に時折目をやりながら、私は文庫本を読んでいた。

私の高校一年生の生活は、周りと比べても、穏やかに進行していると思う。ごく普通に学校へ通い、日曜日の午後はこのカフェに来る。オーダーは中学の時から変わらない。好きな人も、同じ頃から変わらない。

ドアのベルが鳴り、秋の風と共に、一人の男の人が入ってきた。

私は何気ない振りをして、その見慣れた横顔に向かって小さく手を振る。

「江戸町《えどまち》先生」

「ああ、座光寺《ざこうじ》。君は本当に毎週来るね」

私が高校受験の時に通った塾の講師だった江戸町先生は、縁のない眼鏡を指先で直しながら、特に表情を変えずに私の隣のテーブルについた。

いつも通りの距離。ひとつのテーブルを挟んで座ったことは、まだない。

先生の少し長い髪が揺れて、男の人にしては細い指先がメニューを開く。伸びた背筋が、繊細なインテリアのカフェによく似合っていた。

「先生こそ新婚なのに、日曜日にいつもこんなところにきていていいんですか。

三十歳の男の人がこんな女子の園に来て、居心地悪くないんですか」

「妻の承諾は得ている。あと、僕はまだ二十七だ」

先生がわざと半眼を作る。先生のことは好きなのに、先生といる時の自分は少し嫌な奴になるのが、不思議ではあった。

ブラインド越しの光が、先生の縁なし眼鏡に触れて淡い陰影を作る。その横顔に見入りそうになり、慌てて視線を先生から引き剝がした。

＊＊＊

江戸町先生と私は、特別親しいわけではない。

中三の夏休み、受験勉強に煮詰まった私は、塾の自習室ではなくカフェにでも行ってみようと思い立った。そうして初めてこのお店を訪れた日、私が習っている塾講師が窓際でコーヒーを飲んでいたので、お互いに驚いた。

実は私はこの時既に、無愛想ながら親身な先生にこっそり好意を抱いていた。「空いている時分ならカフェは勉強に適しているよ」と言われ、先生は毎週日曜に来ると聞き、私もここで週末の勉強に取り組むことにした。

そんな不純な気持ちとは裏腹に勉強は捗り、高校は第一志望に受かった。合格発表を見たその足で、塾へ向かった。受験の結果とは別に、他にも江戸町先生に伝えたい気持ちを抱えて、どうしたものかと悩みながら。

そして塾のドアを開けた時、受付のお姉さんが江戸町先生に、ご結婚おめでとうございますと囃しているのを聞いたのだった。


先生は、それからも同じカフェに通っていた。私も、そうした。

からかう振りをして、先生に奥さんはどんな人なのかを訊き、自分で自分の胸の内側を傷つけるような日々だった。

＊＊＊

カフェから帰ると、お母さんが台所で、酒瓶を片手にうたた寝していた。お父さんもよく泥酔するので、私はお酒にはちょっと辟易《へきえき》している。

二人はよく、酔ったまま喧嘩をした。両親を見ていると、結婚とは本当に、雑誌やＣＭで見るような幸せなものなんだろうかと、時々思う。

ただ、先生は結婚して幸せになったようだった。

嬉しいという気持ちはある。でも、それ以上に寂しい。

翌週の日曜日のお昼過ぎ、私はカフェへ出かける支度をしていた。

すると、ようやく寝室から起きてきたお母さんが私を呼んだ。

「あんたって、毎週どこ行ってんの。また新しい服？　それ」

「カフェだってば。顔近づけないで。私、お酒臭い息で酔っちゃうんだから」

「それは悪かったね。ほらお茶」とお母さんが笑う。

渡された茶色いグラスの中身をふたくち分ほど飲んでしまってから、私は流しに駆け寄ってえずいた。お酒だ。

私は苛立ちとアルコールで、顔を火照らせながら家を出た。

少し頭痛も覚えつつ、ふらふらと歩いてカフェに着くと、先生が先に来ていた。

「先生、こんにちは。……何かあったんですか？」

声をかけてから、先生の顔がひどく沈んでいることに気付く。

先生は小声で、隣のテーブルについた私にだけ聞こえるように答えた。

「妻が流産した」

押し殺したような声に、背筋がしびれ、頭の痛みが増した。

先生は訥々《とつとつ》と、何があったのかを話してくれた。駅の階段で人とぶつかって、奥さんが転び——母体には影響はなく——でも赤ちゃんは——

「昼間に、コーヒー飲みながら、元生徒とする話じゃないね。すまない」

「いえ……」

そう言いながら、ショックを受けた頭には、半分も話が入ってこない。

混乱の中で、微量のはずの私の体内のアルコールが動悸を速めさせ、酒気は抜けるどころか、どんどん頭痛を激しくさせていった。

眩暈までし始めている。視界にモザイク模様の光が散った。

「本当はカフェにいる場合じゃないんだが。ここのところ僕も妻にかかりきりだったので、両親といるから僕は少し休んでくれと言われてね」

そう言う頬は、確かに以前よりも、削げたように細くなっている。

結婚したことで、先生は幸せになったはずだった。ずっと幸せでいるんだろうなと、漠然と、でも確かに信じていた。それなのに。

何とかしなくては。何かをしてあげなくては。私なりに。だって……

思い詰めると、頭痛がさらに強まる。視界が揺れる。額と頰が熱い。

脈打つ痛みと、立ち眩《くら》みのような酩酊《めいてい》感の中で、私の頭にある考えがひらめき、それがそのまま、口を突いて出た。

「私が、先生の子供を産むというのは、どうでしょうか」

やはり混乱していたのだと、後になってみれば思う。

カフェ中の人々の目が、一斉に私たちの方に向くのを感じた。

「……座光寺？」

「私は先生の赤ちゃんが産めて幸福ですし、その赤ちゃんを先生にあげれば、お二人は子供が手に入るし、いいことずくめです」

「……その顔、君、もしかして酔ってるのか？」

今や、私の顔は湯だったように火照っていた。ついでに、頭の中も。

私は椅子から立ち上がり、いつの間にか注文していたらしい紅茶をくいとあおると——かなり熱かったような気がする——、胸を張って言った。

「これ以上の妙案があるでしょうか。今こそご恩返しの時です」

そこから先の、お店での記憶は、ない。


自分の部屋のベッドで、徐々に酔いが醒《さ》めていくと、今度は後悔と羞恥心で顔から火が出るようだった。やらかした。これはやってしまった。

口の中を軽くやけどしている。それすら、ついさっき気づいた。直接飲酒したわけでもないのに。お酒の強さというのは遺伝しないのだろうか。

辛うじて、先生が家まで送り届けてくれたのは覚えている。

もう、あのカフェには行けない。いや――

「いや、先生の方が行けないよ！　すみません！」

なんということをしてしまったのかと、掛け布団を足の間に挟んでぐるぐるとのたうち回る。成人しても、決して私はお酒を飲むまい。

いや、そんなことより。

私は、まともになりつつある頭の中で、もう一度考える。何か、私にできることはないのだろうか。

先生のために。

先生の好きな人のために。

先生が、手にし続けるはずだった幸せのために……。

翌日の月曜日、私は学校を休んだ。

前日の先生の話の断片を少しずつ思い出し、奥さんが入院しているという病院にあたりをつけ、忍び込んでみることにした。

私服だったせいか見とがめられることもなく、運よく一つ目に選んだ産院の入院病棟で、「江戸町」と名札のかかっている部屋を見つけた。

そっと覗いた四人部屋の病室は、ベッドが一つしか埋まっていなかった。

そんなにありふれた苗字でもないから、その人が先生の奥さんだろう。

ベッドは通路側からの視線をさえぎるように長いカーテンが天井から下ろされていて、白い入院着の裾と、そこから伸びるさらに白くて細い足が見えた。いかにも大人の女の人らしい足だった。

つい、自分の足を見下ろす。

見比べると、私とその人の、似ているところと、全く違うところが、いくつもいくつも頭の中に弾けて、急に泣きそうになった。

嗚咽《おえつ》を上げる前に、きびすを返して、病室を出た。

私は、何ができるつもりだったんだろう。

涙がこぼれていることに気付いたのは、病院の門を出てからだった。

次の日曜日、私は意を決して、カフェのドアを開けた。

店員さんと、何人かのお客さんが、あっという顔で一瞬私の顔を見る。

恥ずかしさに耐えて見回すと、窓際の席に先生がいた。よかった。

「先週は……すみませんでした」

「いいや」と先生が苦笑する。そして、穏やかな声で続けた。

「講師を辞めて、妻の実家近くに引っ越すことにした。もう少し規則的な生活ができる仕事をして、妻を支える。ここに来るのは今日が最後だ」

「……はい」

私は、感情を押し殺してうなずき、先生と同じコーヒーを注文した。

「先生。結婚して、よかったですか」

「彼女との結婚を、今までもこれからも一度も後悔することはないだろうから、成功と言えるだろうね」

「私もよかったです、先生と会えて。それに……最後の思い出が、先週のあれではなくて」

先生が珍しく目を細め、小さく肩を揺らして、眼鏡を指先で直した。

「塾講師は、受験の後に教え子と会えることは少ない。君がいてくれて楽しかった」

眼鏡のレンズの端に、光がちらちらと散った。それは刺すように眩しくて、でも、目をそらすことができなかった。


翌週。

久しぶりに塾に顔を出すと、受付のお姉さんが私を覚えてくれていた。そして江戸町先生が塾を辞め、引っ越したことを聞いた。

先生の行方を捜してみようか、と思った。それくらいのことが許される親しさは、私たちにはあるような気がした。

でも、やめた。どうしてもできなかった。

少ししてから、私はまた、あのカフェを訪れた。

窓際の席で、ブラインド越しの光に照らされていた先生を思い出す。

目尻が濡れるのを感じて、目に浮かぶ映像を差し替えた。

あの日病室で見た、窓から差し込む光に白く映える細い足を、先生が優しくさする姿を想像する。

明るい部屋で先生が優しい言葉をかけ、やがて日が傾いても、穏やかな光線の中で二人は寄り添っている。

せっかくこらえた涙が、ひと雫、テーブルに落ちた。


先生を好きになった時のことを思い出した。

塾の男子が、江戸町先生には恋人がいるという情報を仕入れ、休み時間に先生をからかったのだ。

しかし先生は照れるでもなく、問われるがままに、恋人の良いところを一問一答のように口にした。

その時の先生の顔を見て、こんな風に好きな相手のことを話せる人っていいな、と思った。そうして気がついたら、好きになっていた。

合格発表の日、告白して、受け入れてもらおうと思ったわけではない。

ただ私も、先生のように、好きな人のことを好きだと言ってみたかった。


私は、私の好きな人の隣にはいられなかった。

でも、これでよかった。

私や、他の人ではなくて、先生にはあの人が必要だった。きっとあの人にも、先生が必要なのだろう。

大切なものは失われてしまったけれど、先生の幸せに必要な人は、今も先生の隣にいる。それが、私ではないというだけで。

そう思うと、胸の半分が痛み、もう半分が温かくなった。

いとしいというのは、どうしてこんなにも、苦しいと同じなんだろう。大切なもののために、繰り返し切ない思いをして、けれどその辛さを手放すことができない。
私だけだろうか。それとも、先生もそうだったのだろうか。
カフェのテーブルの上で、私が落とした涙が、日の光を受けて光っている。
先生のことで泣くのは、これで最後にしてやろうと思う。
ふと、傍らを見た。
誰もいない隣の席は、今はまだ、あの日と変わらずに眩しかった。

二人の岐路

朝比奈歩

なんで私ばっかり……。

ダイニングテーブルに肘をつき、スマホで転職サイトを開いて勤務地で検索をかける。目ぼしい職も、やってみたいと思う仕事も見つからない。

先月、入籍した。夫は転勤先の新居へ先に引っ越し、私は仕事の引継ぎを終えて辞職したばかり。今は実家で引っ越し準備をしつつ転職先を探している。

苛立ちに息を吐くと、夕食の片付けを終えた母が横からのぞきこんできた。

「まだ決まらないの？　働けるならなんでもいいじゃない」

結婚してからずっと専業主婦だった母の言い草にむっとする。

「なんでもよくないし。彼はあせらなくてもいいって言ってくれてるもん」

半年前、三年付き合っていた彼の転勤が決まりプロポーズされた。知り合いのいない土地についていくのは迷ったけれど、年も二十代後半。それなりに結婚願望があった私は、不安に思いつつもＯＫした。

結婚話はとんとん拍子に進み、式と披露宴は私と彼の同僚がいるこっちで挙げた。憧れていたレストランウエディングは、交通の便の悪い場所だと却下され、上京してくる彼の家族や友達のために駅から近いホテルに変更。転勤先への引っ越し準備などで新婚旅行も後回し。いつ行けるかも決まっていない。

転職だって、好きでするわけじゃない。別に固執するほどの職でもないが、それなりにやり甲斐はあった。なのに、私は辞職して新しい土地でいちから職探し。彼は転勤だけど役職は上がり、東京へ戻る頃には出世する。そして私はまた転職するハメになるのかと想像すると虚しかった。

もちろん彼のことは好きだ。私が転職しないといけないのだって納得はしてる。でもこれじゃあ、私ばかり損して我慢している気がする。

「あなたも、エミリちゃんみたいに手に職があればよかったわね」

久しぶりに聞いた名に、スマホを握る手がこわばる。疎遠になってしまった幼馴染は、イラストレーターとして順調らしい。聞いてもいないのに、母が彼女の仕事ぶりを話す。昔から母親同士が仲良しで、子供のことは筒抜けだ。

エミリちゃんは、小学校に入学する少し前に近所に引っ越してきた。大人しくて、読書好きの絵が上手な子だった。外遊びが好きで活発な私とは真逆だ。母から仲良くするよう言われて遊ぶようになった彼女を、私は特別好きでもなかった。ただ、エミリちゃんといると不思議と満たされた。

私は雰囲気が悪くなると、空気を読んで立ち回る癖があった。たとえば喧嘩の仲裁とか、仲間外れになりそうな子を仲間に入れてあげたりとか。

そんな私に「ありがとう」と言う子はいなかった。勝手にしてることだから、見返りなんて求めちゃ駄目なのもわかってる。だけど、感謝どころか私が引き受けるのが当たり前みたいな態度をとられ続けると嫌にもなってくる。

なんで私ばっかりって。

でも、こういうのって女子同士の付き合いではありがちなこと。私もくよくよ悩むたちではないから、まあいいかって受け流してきた。

でも、エミリちゃんだけは他の子と違ったのだ。

懐かしさと罪悪感で、喉の奥に生まれた苦い塊が大きくなる。圧迫感に呻きたくなった私の耳に、母の悪気のない言葉が飛び込んできた。

「まあ、カナは普通の子なんだから。家事もして、旦那さんを支えられる余裕のある仕事にしなさい。でないと、あっちのお義母さんもいい顔しないわよ」

カチンときた。なんで私ばっかり。おかしくない？

結婚前は、これからの女性は働き続けないと駄目よなんて言っていたのに、結婚したとたん夫をサポートしろと言う。母の矛盾は、世間が今の女性に求める圧力そのものだ。

「もう、うるさい。わかってるから」

そう言い捨てると、私は引っ越し準備でダンボール箱だらけの自室へ逃げた。

新生活に必要なものを買いに街を歩いていたら、スマホが震えた。

夫から五日ぶりの電話。声を聞けて嬉しいはずなのに、お義母さんの声が電話越しに聞こえてげんなりした。新居は夫の実家にとても近い。

『ごめん、専業主婦させてあげられたらいいんだけど。俺の奨学金の返済があるからさ、カナには少しでも働いてもらいたいんだ。慣れない土地だから、すぐに仕事を見つけるのも大変だと思う。しばらくはパートでもいいよ』

「うん……ありがと。私も、そっち引っ越してから探したいなって思ってて」

なんで私が感謝してるんだろう。一見、物分かりがいい感じの夫の言葉に、唇が尖る。

『こっち来たら母さんに相談するといいよ。多分、いいとこ紹介してくれる』

長年スーパーでパートしてきたお義母さんが、近所のスーパーを紹介できると言っているらしい。

「そう、考えとく……うん、じゃあね」

気分が悪くなって、話を適当に流して電話を切った。

パートが悪いとは思わないけど、「パートでもいいよ」ってなに？　いかにも妥協してやったみたいな言い方。だからって専業主婦がしたいわけでもないし、すぐに仕事を見つけてバリバリ働けって言われるのだって腹立たしい。

そもそも、彼の奨学金返済があるから共働きっていうのもなんだか気に食わない。親が学費を出してくれた私には返済がないから、もやもやする。彼の親が支払えなかった学費を、結婚によってうちが半分肩代わりするみたいだ。

こういうちょっとした不満が積もり積もって、もう窒息しそう。

でもやっぱり、彼が好きだからのみこんでしまう。雰囲気を悪くしたくない。

気持ちと一緒に歩く足も重くなってきた。休憩しようかな？

ちょうど前を通りかかったカフェのメニューボードに目を落とす。落ち着いた雰囲気で、スイーツが美味《おい》しそうな価格設定が高めのお店だ。

「ちょっとぐらい贅沢したっていいよね」

これから、こういう息抜きはあまりできない。夫は細かい浪費にうるさいのだ。

カフェでお茶をするぐらいならファミレスのドリンクバーでいいだろ、なんて言う。私のワガママでカフェに入ると、いつも一番安い飲み物しか注文しないから、こっちも好きなものを頼みにくくて恥ずかしかった。

そういえば、エミリちゃんも同じだった。何度か一緒に食事やお茶をしたことがあるけれど、いつも一番安いものしか注文しない。

疎遠になってしまったあの日も、エミリちゃんは一番安いブレンドコーヒーしか頼まなかった。

お互い大学生になって、顔を合わせなくなったある日。偶然エミリちゃんに会った。なにかで受賞して、イラストの仕事をしていると母から聞いていた私は、「頼みたいことがあるの」とエミリちゃんをカフェに誘った。

大学のサークルで使うポスターに悩んでいた私は、彼女に描いてほしいと依頼した。原稿料も出せるからと金額も提示して、断られるなんて思ってもいなかった。彼女も、才能を生かせてお金ももらえて喜ぶはずと勘違いしていた。

「駆けだしだけど、プロとして活動してるから。その価格で仕事はできない」

きっぱり断られた私はびっくりして、次にエミリちゃんが丁寧に説明してくれた受けられない理由も価格設定についても、意地悪にしか聞こえなかった。普段、そんな高い値段で請け負っているなら、友達の依頼は安くしてくれてもいいじゃない。なんて傲慢にも思った。

今なら、エミリちゃんの主張が正当で私が失礼だったとわかる。でもあのときは、馬鹿にされたような気恥ずかしさと、一番安いブレンドコーヒーの代金を置いて席を立とうとしたエミリちゃんにカッとなった。最初におごると言ったのに、「話を聞いてから」と断られたことさえ気に食わなかったのだ。

「仕事してお金あるのに、いつも一番安いものばっか頼んで虚しくないの？」

ただの嫌みだけれど、前から不思議でもあった。

彼女の家は複雑で、話を聞くかぎり毒親だ。でも、お金はきちんと出してくれる親で、奨学金もなく、金銭的に困っているのは見たことがない。

エミリちゃんが節約するのは単純にケチなんだと思っていた。

「エミリちゃんはお金ばっかで、楽しいこと他にないの？」

断られた腹いせにこぼれた言葉は刺々しく、二人の間で空気が震えた。

「私は……将来、家を出たいからお金を貯めてる。だから無駄遣いはできないし、友達だからって依頼料を妥協もできない。だって、その絵を描く時間で別のちゃんとした仕事ができるもの。ごめんね、期待にこたえられなくて」

そう言う彼女の手や声が震えていたのを憶えている。あれから私たちは一度も会っていない。


カフェに入ってデザートメニューを見て悩んでいると、テーブルに置いたスマホが震えた。見れば、さっき電話していた彼からのメッセージだった。

『母さんがパート以外で、事務の仕事を紹介できるって。いい話だと思うんだ。カナがOKするなら、話し進めるけど。どう？』

いいよ、って返信するべきなのだろう。そうすれば、お義母さんも彼もいい顔をする。嫁として気に入られるかもしれない。

なのに、文字を打とうとした指が動かない。

いつも空気を読んで立ち回ってきた。そうやって好かれてきたのに……。

ううん、違う。仲間外れにされたことがある。

小学生の頃。同じクラスにいじめっ子がいた。私は雰囲気が悪くなるのが耐えられなくて、ターゲットになる子を毎回そっと助けて仲間に入れてあげていた。いじめっ子はそれが気に入らなくて、次は私を標的にした。

放課後、私以外の女子を集めて「ああいうの偽善者って言うのよ。みんなもキライだよね」と言っていた。私がこっそり聞いているとも知らずに。

翌日、登校すると私の上履きがなかった。ありがちなイジメ。覚悟はしていたけれど、やっぱりこたえた。靴箱の前から動けない私に、「あれ〜、上履きないの〜？」って笑い混じりの声でいじめっ子が声をかけてくる。彼女の周りにいた子もくすくす笑ったり、気の毒そうに見ているだけで、誰も助けてくれない。中には、私がイジメから助けてあげた子だっていたのに。

込み上げてくる涙に唇をぐっと噛んだ。見返りは求めないって思ってたけど、こんな結果は望んでない。

ふくれ上がる怒りと悲しみが外にあふれ出てしまいそうになったとき、ふっと目の前が陰った。私の上履きを持った同じクラスのエミリちゃんだった。

「これ、私が隠した。カナちゃんのこと前から苦手だったから。でも、やっぱりつまんないしやめる。返すね」

そう言って、少し乱暴に上履きを靴箱につっこんだ。私は、「え、あ、うん」なんて間抜けな返事しかできなかった。いじめっ子たちも困惑している。

だってまさか、エミリちゃんが罪を全部かぶるなんて……。こんなことをしたら、イジメを台無しにしたといじめっ子から睨まれ、私からも嫌われる。

背を向けて歩きだしたエミリちゃんを慌てて追いかけ「なんで？」と聞いた。

「私、カナちゃんのこと苦手だけど、一緒になってイジメるほど嫌いじゃない。

それに、アイツに振り回されるのも疲れる。それならいっそ孤立したほうが楽かなって。だからカナちゃんを助けたわけじゃないから」

突き放した言い方。私が苦手なのも本音なのだろう。それを正面きって言えてしまうエミリちゃんに、私の世界はひっくり返った。

私とは違う。好かれようなんてしないエミリちゃん。自分に正直で不器用で、でも誰よりも優しい。誰にも頼らないから、私の出番もない。

だから私は、彼女といると「私ばっかり」って思わないでいられた。

一瞬でエミリちゃんが大好きになり、私も彼女みたいになりたいと憧れた。

なのにあの日、ひどいことを言った。彼女の覚悟も知らないで。

彼に対しても同じ。自分の気持ちは言わずに勝手に身を引いて、「なんで私ばっかり」とイライラしていた。彼が節約するのは奨学金のためだけじゃない。独り暮らしで生活費もあるのに、私にプロポーズするためにずっと結婚資金を貯めてくれていたのだ。

結婚が決まり、新生活にどれだけかかるのか、一カ月の生活費がどれぐらいなのか、計算してびっくりした。自由にできるお金なんてほとんどない。だから私が働かないといけないのもわかっている。ちょっとした贅沢が、ちょっとではすまなくなることも理解できる。

一緒に暮らして、ちゃんとやっていけるのか不安だった。

だからってすべて彼に合わせて、気に入られたいからとお義母さんに勧められる先に転職するのも違う。

空気を読んでしまう私は、我慢する見返りに誰かに好かれたいのだ。今は、彼に好かれたくて勝手に我慢して不満を溜め込んでいる。

もう、「私ばっかり」って思うのはやめたい。

ぎゅっと握ったスマホ。メッセージを打つのはやめて、通話をタップした。呼び出し音にあおられて、緊張してくる。彼の穏やかな声が聞こえてきたときには、手の平にべったりと汗をかいていた。

「あのさ……仕事のこと、電話でちゃんと話したくて」

『どうかしたの？』と朗らかな彼の声。聞くといつもほっとできた。でも今は、この声が変わってしまったらと、返す言葉がかすかに震えた。

「いい話だと思うけど、私、自分の仕事は自分で納得のいくように探したい」

エミリちゃんが自分に素直だったように、私もそうしたい。「なんで私ばっかり」と思って彼と生活したくない。

「流されて決めて誰かのせいにしたくないんだ」

ドキドキした。彼が不機嫌になって、雰囲気が悪くなるのがやっぱり怖い。けれど聞こえてきたのは、変わらない優しい声だった。

『そうだよな。カナのことなのに先走った。まだこっちのことわかんなくて不安なのに、急かしてゴメンな。母さんのことは気にしなくていいから』

ほっ、と全身から力が抜ける。彼の優しさが胸につかえて、視界がぼやけた。

『だけど嬉しかった。カナがちゃんと自分の気持ち言ってくれて。いつも自分より他人を思いやってくれるカナだから、俺ちょっと甘えてたかも。夫婦だから、これからはちゃんと二人で話し合って決めていこうな』

勇気をだして言ってよかった。こぼれそうな涙に鼻をすする。あせった彼が『大丈夫か？　今からそっち行こうか？』と言ってくれるのに泣き笑いで「大丈夫」と返せた。

少しはエミリちゃんに近づけただろうか？

彼女に会いたい。会って、なにを言えばいいかもわからないけれど、どれだけ彼女の存在に助けられてきたか伝えたかった。

電話を切り、ブレンドコーヒーだけ注文する。わざわざ一番安いメニューを選んで注文したのは、これが初めてだった。

名前のない喫茶店

浅海ユウ

半蔵門《はんぞうもん》駅から徒歩十分ほどの場所に名前のない喫茶店がある。厳密に言えば、店の名前を書いた看板がどこにもない、民家とビルの間に挟まれ、ひっそりとして目立たない喫茶店だ。

が、一歩足を踏み入れれば、スタンダードジャズが流れ芳しい珈琲の匂いが漂う、どこか懐かしい空気に包まれる。一枚板のカウンターの奥にはアルコールランプ式のサイフォンや木製の珈琲ミル。テーブル席はひとつしかない。

「ここ、座ってもいいですか?」

声を掛けたカウンターの向こうには、50年代を思わせる刺繍の入ったゆるいシルエットのワンピースを着た女性。赤く染めた髪を幅の広いヘアバンドでおさえた彼女がアンニュイな表情をして「どうぞ、何にします」と口を開く。外で見たら二度見してしまいそうな派手な女性だが、古いアメリカ映画に出てきそうな風貌は、この店の雰囲気にとても合っていた。

彼女を含め、一瞬でこの店の雰囲気に魅了された僕は、カウンター越しに注文を聞いてきたその女性に、思わず、「この店って、アルバイトとか募集してませんか？」と質問してしまった。

女性はちょっと面倒くさそうな顔をした。が、いきなり、「掃除、得意？」と尋ねる。その声はヘレン・メリルの気怠いハスキーボイスによく似ていた。

「掃除はあんまり……」

正直に答えると、彼女はアハハハと大きく口を開けて笑った。その顔が幼い子供のようでドキリとするぐらい可愛らしい。

「いいねえ。正直で。いいよ、採用。でも、とりあえずは倉庫の掃除係だよ。私、オーナーの小池聖子《こいけせいこ》。よろしくね」

「え？　オーナー？　そ、そうなんですか。僕、中島悠斗《なかじまはると》です。この先の大学に通ってる二年生で、喫茶店とかカフェ周りが趣味で……」

「じゃ、早速、始めてくれる？」と、自己紹介を途中で遮った聖子さんは、軍手とゴミ袋を僕に押し付けるようにして、「あそこ。金目のもの以外はじゃんじゃん捨てちゃって」と、カウンターの奥にある扉を指さした。

「え？　あ、はい……。てか、仕事、今日からなんですか？」

「そう。今すぐ。大学生なら暇な時に来て片付けてくれたら時給で払うから」

珈琲を注文する暇もなく、採用されてしまった。

差し出された軍手とゴミ袋を受け取り、「ＳＴＡＦＦ　ＯＮＬＹ」という表示のある扉を開ける。スタッフルームの中は埃っぽい。

そこは倉庫ではなく、事務所兼休憩室のようだ。段ボール箱が積み上げられ、雑然として足の踏み場がない。店とのギャップが著しく、音楽も流れておらず、がっかりした。ウエイターとは言わないが、皿洗いの方が良かったと。

段ボール箱の中は書類や伝票、雑誌や本。聖子さんが言う金目のものはなさそうだ。唯一、該当しそうなのは、小型冷蔵庫ぐらいの重厚な金庫。やみくもにダイヤルを回してみても開かない。金目のものは諦め、書類の整理から始めた。

しばらく書類の仕分けに格闘していると、スタッフルームの扉が開いた。

「ちょっと休憩しなよ。珈琲淹れてあげるから」

店には客の姿はなく、サラ・ボーンの独特な声が流れている。カウンターに腰掛け、珈琲を待っている間に曲が変わった。イントロだけでわかる。

「あ、この曲。『バードランドの子守唄』だ。好きなんです、ベタだけど」

と僕が言うと聖子さんはクールに笑った。サイフォンの下部、丸いフラスコの中のお湯が温められ、上のロートに上がってくるのを見つめたまま聖子さんはロートの中の珈琲を木のへらで掻き混ぜながら、「私も。でも、一番好きなのは、『帰って来てくれたら嬉しいわ』かな。」と、だるそうに言う。

――やられた。それって、僕のベストワンだ。

「私の母もこの曲が好きで、よく口ずさんでたのよ」

と、懐かしそうに目を細める聖子さん。

――いいなぁ、こうやって美味しい珈琲を飲みながら、まったり好きな曲の話をする感じ。このマイセンのカップが手になじむ感じもいい。

その時、カランカラン、と入口のドアベルが鳴り、三十歳ぐらいの女の人が入ってきた。お客さんだと思い、珈琲を抱えて奥に引っ込もうとすると、聖子さんが「ここに居ても平気よ。友達だから」と僕をカウンターに留めた。

「聖子〜。アイスコーヒー、ひとつ！」

その女性は普通のＯＬ風で、聖子さんの友達にしては地味な印象だった。

「この子、今日からバイトしてくれることになったの。名前、何だっけ？」

「中島です。中島悠斗」

「そう、それ。で、こっちは私の幼馴染の麻理恵《まりえ》。お喋りだから気をつけて」

そんな風に雑な紹介をした聖子さんが、ちょっと外へ出た隙に聞いてみた。

「ところで、聖子さんって、何歳なんですか？」

そう聞いた途端、麻理恵さんのマシンガントークが始まった。

聖子さんの年齢は麻理恵さんと同じ三十歳。独身。二年前までブティックの雇われ店長をやっていたが、昨年、この店のオーナーだった聖子さんの父親が心筋梗塞で急逝し、彼女が引き継いだのだという。

「お父さんとは疎遠だったから、絶対、継がないと思ってたんだけどね」

疎遠というよりは、聖子さんは父親のことを嫌っていたのだという。

聖子さんの母親には持病の喘息《ぜんそく》があり、体が弱かったそうだ。それでも専業主婦として仕事人間の父親を懸命に支えていた。彼女の父親は大企業の管理職で、聖子さんが起きている時間に戻ってくる方が珍しいぐらい忙しく、ずっと母子家庭のようだった。家族で旅行どころか外食に出かけることも少なく、何の喜びもないまま聖子さんの母親は五十二歳の若さで亡くなった。原因は喘息の発作で、苦しい息の下、彼女はずっと夫の名を呼んでいたという。が、海外出張中だった父親が病院に駆け付けたのは、妻が亡くなった翌日だったそうだ。

「ねえ、悠斗君。それにしても、この店、変だと思わない？」

麻理恵さんの表情と話題は仔猫のようにクルクルと気まぐれに変わる。

「変？　どの辺りがですか？」

「名前がないでしょ？　てか、看板がどこにもないし。わざと目立たないようにしてるっていうか、よく見ないと喫茶店なのか洒落《しゃれ》た民家なのかわからないっていうか。繁盛したくないのかよ、ってツッコミたくなる感じ？」

そう言われてみれば……。この喫茶店の外観の主張の無さを思い出す。僕がここを喫茶店だと認識した理由は、たまたま通り掛かった時に客が出て来て、その拍子にちらっと内部が見えたからだった。

それから一週間。やっとスタッフルームの片付けが終わった。

「聖子さん。デスクの一番下の引き出しの底にこんなメモがあったんですけど」

その日見つけた古い帳簿に挟まれていたメモ用紙には、几帳面な筆致で書かれた綺麗な文字と数字が並んでいた。『右3、左5、右1』と書かれている。

「これって、多分、あの冷蔵庫みたいな金庫の開錠方法じゃないですかね？」

聖子さんは驚いたような顔をしていたが、「そのうち開けてみるわ。三億ぐらい入ってたら、特別ボーナス出すわね」と冗談めかす。ボーナスは当てにしていなかったが、掃除が完了し、店に出られるようになったのが嬉しかった。

ただ、困るのはその喫茶店に名前がないことだった。待ち合わせで近くまで来たものの、場所がわからなくて迷ったという苦情をよく耳にするのだ。

どうして看板がないのか、聖子さんに聞いても要領を得ない。

「一年前までは父がやっていた店だからよく知らないの。何らかの名前で登記はしてるはずだけど、最初から看板はなかったわ」

聖子さんはずっと父親に興味がないという姿勢を貫いている。そんな頑なさを持っている反面、繊細で優しい。僕はそんな聖子さんに惹かれていた。が、十歳近く年上の彼女に告白したところで相手にされない気もしていた。

その数週間後、また麻理恵さんが店にやってきた。

「本庄《ほんじょう》が北海道から帰ってきてるらしいよ」

僕が初めて聞く名前を出し、麻理恵さんは聖子さんの反応を窺《うかが》うような顔。

「へえ」と聖子さんは興味なさそうに呟く。そんな聖子さんがレジに立った隙に、僕は麻理恵さんに「本庄さんって？」と探りを入れた。

「本庄と私と聖子は幼稚園からの腐れ縁なのよ。で、本庄は聖子の元カレ。三年ほど前まで付き合ってたんだけど、急に本庄が北海道で酪農やりたいって言い出して。聖子も忙しかったし、遠距離恋愛で時間が経つうちに自然消滅よ」

地声の大きな麻理恵さんの内緒話は、どんなに声を潜めても聞こえていた。

聖子さんが「もう三年も前の話よ。本庄のことはもう何とも思ってないわ」と笑い飛ばした。が、僕にはその横顔が少し寂しそうに見える。

「この店に名前がないのは本庄に名前をつけてもらうつもりだったからなんじゃないかと思うのよ」

その日に限って長居した麻理恵さんが、本庄に未練があるからに違いないと、聖子さんが外へ出た隙に断言した。それがただの推測だとしても、本庄さんの名前を聞いた日から聖子さんの様子がおかしいのは事実だ。

――なんだか胸がザワザワした。

それから三日後、麻理恵さんが連れてきた聖子さんの元カレ本庄さんは、若い女性を連れていた。その女性は僕よりほんの少し年上、多分、二十代前半だ。

「実は来月、彼女と結婚するんだ。で、一緒に北海道に行くことになってて。聖子と麻理恵は身内みたいなもんだから紹介しとかなきゃなー、とは思ってた」

身内……。その言葉に聖子さんが傷ついたのではないかと、思わず聖子さんを見る。が、聖子さんは嬉しそうに「そっかー。ついに本庄も身を固めるのか。おめでとう。良かったじゃん！」と、本庄さんの背中を手でバンと叩いた。

ふたりを元サヤに収めるつもりだったらしい麻理恵さんはバツが悪そうだ。

その日の夜十時過ぎ。店を閉めて片付けている時、僕は何げない口調を心掛けながら聖子さんに聞いた。

「聖子さん。ほんとはまだ本庄さんのこと、好きなんじゃないですか？」

「は？　私が？　まさか。なんで？」

「だって、麻理恵さんが本庄さんを店に連れて来るって言った頃から態度が変だったし。妙に落ち着きがなかったっていうか……」

するると、聖子さんは「ああ」と思い当たる節があるように呟く。

「私が気になってたのは悠斗君が見つけてくれた金庫の番号だよ」

そう言われてみれば、本庄さんの話が出たのと番号を見つけたのとはほぼ同じタイミングだ。

「開けてみたいけど、開けたらもっと父に失望しちゃう物を見てしまうような気がして。例えば家庭を犠牲にして稼いだ大金とか、愛人の写真とか」

聖子さんとお父さんの間の確執を麻理恵さんから聞いたことは言えない。

「父は仕事のことしか考えてないような人だったの。なのに、母は父のことを気遣って、贅沢もせずに倹約して、まるで召使いみたいだった」

はあっ、と溜め息を吐いた聖子さんが、「ねえ。悠斗君があの金庫、開けてみてくれない？」と言い出した。

「この際、更に軽蔑することになったとしても、それはそれでスッキリするかな、と思って。こんなモヤモヤした気持ちでこの店に居るのも嫌だし」

とは言え、直接、自分で開けるのは怖いということだろうか。

ふたりで緊張しながらスタッフルームに入った。メモを見ながら慎重にダイヤルを回した。三つの数字を合わせるのは簡単だった。

「ひ、開きました。うん？　何だろ……。紙の束と木の板みたいな物しかない」

「とりあえず、写真とかお金ではありません。便箋とかメモ……みたいな」

実況中継しながらその紙の束を手に取る。そして一枚目に視線を下ろした。

『美奈子《みなこ》。いつも家のことをありがとう。日曜日、遊園地に行く約束を守れなくて申し訳なかった。聖子がメリーゴーラウンドに乗る姿を見たかったんだが』

それはどうやら、聖子さんの父親が妻に宛てて書いたメモらしい。

『お疲れ様です。あなたも部長に昇進したばかりで大変だと思います。聖子のことは私がしっかり見ますから、無理しすぎないように頑張ってくださいね』

次の便箋は聖子さんのお母さんらしき人が夫を労う手紙だった。

『美奈子。お誕生日おめでとう。気に入るかどうかはわからないが、仕事の途中で見つけたネックレス、君に似合うと思って』

それは多分、プレゼントに添えられたバースデーカードだったのだろう。

「これはラブレターです！　お父さんとお母さんのラブレターですよ！」

思わず声を上げ、読み終えた最初の数枚を聖子さんに差し出し、自分は次の手紙に視線を落とした。ふたりはすれ違い生活を送っていたが、父親は暇を見つけては妻に感謝の気持ちを綴り、母親も夫への感謝を返していたことがわかった。家を守る聖子さんの母親と、夜遅く帰ってくる父親とはこうしてお互いの気持ちをメモや手紙にして心を通わせていたらしい。

いよいよ最後の二枚。聖子さんの父親からの手紙にはこう書かれていた。

『美奈子へ。あと三年で俺も五十五だ。五十五歳になると、自己都合で早期退職しても退職金が満額出る。ちょうど家のローンも終わる年だ。あと三年経ったら、会社を辞めてお前の夢だった喫茶店を開こう。看板は出さず、目立たない、お客があまり来ないような店にしよう。これまで一緒に居られなかった分、ふたりの時間が持てるように』

その手紙に対し、聖子さんのお母さんはとても綺麗なピンク色のメモ用紙に『とても楽しみです』という短い一文を返していた。短いが、温かい文字だ。

しかし、やりとりはそこで終わっている。聖子さんは僕から受け取った手紙やメモに視線を落とし、最後にしんみりと言った。

「お母さん、お父さんが五十五歳になる三日前に喘息の発作で亡くなったの」

うつむいた聖子さんの白い頬を一筋の涙が滑った。僕は見てはいけないものを見てしまったような気がして、慌ててまた金庫の前にしゃがみ、奥にあった木の板を手に取る。それは彫刻刀で彫った手作りの看板だった。そこに描かれている文字は『Café Minako』。美奈子……。聖子さんのお母さんの名前だ。

聖子さんは僕が手渡したその看板を見て、愕然とした顔になる。

ふたりでオープンするはずだった店に聖子さんのお父さんは妻の名前をつけ

たのだ。そして、約束通り、お客があまり来ないよう看板を掲げなかった。

聖子さんは崩れるように僕の隣にしゃがみこみ、看板を抱きしめた。

「ごめんね、お父さん……」と繰り返しながら、泣きじゃくる姿が可愛くて愛おしくて、僕はそっとその赤い髪を撫でた。少しだけ開いている扉の隙間からヘレン・メリルの歌声が聞こえる。——You'd be so nice to come home to.

流れているのは聖子さんのお母さんも好きだったという『帰って来てくれたら嬉しいわ』だ。

「お母さんはずっとこの店に居たと思います。だって、ご両親はこんなに愛し合ってたんだから。今はきっと、ふたりで聖子さんのこと、見守ってますよ」

「馬鹿。泣かせないでよ」と強がる聖子さんが泣き止むまで、僕はずっとそこにしゃがんで彼女の髪を撫でていた。

翌日、聖子さんは晴れやかな顔をして、看板を掲げた。

『Café Minako』秋空を背景に、手彫りの看板が揺れていた。

たしかにあの窓辺が好きだった

石田空

街中の風景に溶け込むようにして存在しているカフェ【シナモン】。その分厚い木製の扉には一枚の紙が貼られていた。

「今日も臨時休業なんだ……」

美沙《みさ》はその貼り紙を見て、溜息をついた。

【店主の都合により、休業しております。誠に申し訳ございません。】

その貼り紙が扉に貼られたのは、ひと月前。店長になにかあったんだろうか。美沙は胸にしこりを抱えたまま、家路についた。

彼女は仕事帰り、ここでお茶をして英気を養ってから家に帰ることを習慣にしていたが、そのルーティンが崩れてしまった。どうにも気力が戻らないまま、今に至る。

美沙が就職のために故郷を離れ、この見知らぬ街に来たのは、三年前のことだった。

「こういうことは、言われなくてもやるもんじゃないのかね!?」

「申し訳ありません！」

「今すぐやりたまえ！」

覚えのない仕事が締切までにできてないことを皆の前でなじられ、涙を堪えながら作業を片付けたのは一度や二度ではなかった。

仕事に慣れるのに精一杯の美沙は、人見知りも相まって未《いま》だにここで愚痴を零せるような相手がいなかった。せめて地元の友達に話を聞いて欲しくてSNSを覗いたものの、誰も何も書いていなかった。皆忙しいのだろう。誰かに愚痴を吐くことも、泣きごとを言うこともできなかった美沙の心は、少しずつ擦り減っていった。

家と会社の往復だけを繰り返していた美沙が、帰り道を変えたのは、本当に気まぐれだった。

駅から家までの道を一本逸れたところに、静かにそのカフェは存在していた。

草木に囲まれた可愛らしい雰囲気。木製の扉に、【シナモン】と書かれた看板。黒板にチョークで本日のおすすめのコーヒーや紅茶の銘柄が書かれている。

気になった美沙がそっと扉を開くと、扉に付いたベルがカランと鳴った。

「いらっしゃいませ」

落ち着いた声が聞こえ、美沙は店内を見回した。

カウンターには丸椅子が三つ。窓際にはふたり席が四つ並んでいる。本当にこぢんまりとしたカフェだった。美沙が立ち尽くしていたら、カウンターの奥に立っていた男性が声をかけてくれた。カフェエプロンを巻いているこの人が、店長だろうか。

「今の時間でしたら、どの席も空いていますから。お好きな席にどうぞ」

「あ……ありがとう、ございます……」

どうにかそう返事をして会釈し、窓際の席に座った。メニューを見てみると、コーヒーや紅茶の他に、ホットサンド、ワッフル、プリンと、オーソドックスなカフェメニューが並んでいる。

美沙はじっくりとそれらを見てから、「すみません」と小さく手を挙げた。すぐに先程の店長が来てくれた。

「すみません、紅茶……アールグレイをお願いします……」

「かしこまりました。アールグレイはホットとアイス、どうなさいますか？」

「ホットで……」

「ストレート、ミルク、レモンと用意できますが」

「じゃあ、ミルクをお願いします」

「かしこまりました」

メニューを下げて、そのまま去っていく店長を見送りながら、美沙はもう一度店内を見回した。ウッドカラーで統一された落ち着いた店内は、隠れ家的な趣がある。窓には木製のブラインドがかかっている。こちらからは外を見ることができても、外から店内を覗くことができないようになっているのも気に入った。

「お待たせしました、ミルクティーです」

ポットからカップに紅茶を注いで、ミルクポットを添えてくれたとき。一緒に小さなお皿に載せたマドレーヌが置かれたのが目に留まった。

「あのう……マドレーヌは、注文してないんですけど……」

そもそもメニューにマドレーヌがあったのかどうかさえ、覚えていない。美沙がおそるおそる言うと、店長はにこりと笑った。

「こちらはサービスです。よろしかったらどうぞ」

「ありがとうございます……」

そのまま去っていく店長を見ながら、美沙はマドレーヌを手に取った。市販のものよりも軽くて、そのまま持っていると脆くて崩れそうだったので、慌てて掌に載せた。そこでようやくこれがこの店の手作りだと気が付いた。ひと口齧《かじ》ると口当たりも軽くて、優しい味だった。あっという間に口の中で溶けてなくなってしまった。

どういう意味で店長がマドレーヌをくれたのかは美沙にはわからなかった。言葉の通りただのサービスだったのかもしれないが、ささくれ立っていた心が急速に満たされるのを感じた。気が付けば美沙は、すすり泣いていた。泣きながら少々しょっぱくなったミルクティーを口にしたのだ。

ティーポットの中身とお皿を空っぽにしてから、会計を済ませて店を出たとき、気持ちがどこかすっきりとしたことに気が付いた。

またここに来よう。

そのときから、【シナモン】は、美沙にとっての隠れ家で、疲れ果てたときの避難場所、シェルターになっていた。

仕事で怒鳴られても、気の弱い美沙が皆の前で見せしめのように詰られても、【シナモン】に足を運んだら、不思議と気鬱は消えていた。

美沙がここに通っている内にわかったのは、店長がサービスでお菓子を振る舞っていることには、特に意味がないということ。

初めて店を訪れる客は一様にびっくりしているが、常連になると当然のように、サービスのお菓子をいただいていた。

常連客の中でお菓子を食べていないのは、最初にサービスはいらないと言った客で、店長は客によって、細やかに対応を変えていることも、通っている内に気が付いた。

たとえば普段からブラックコーヒーを頼んでいる客には、ミルクポットも砂糖も用意していない。カロリー制限があるのかもしれない。

「お久しぶりです。本日はダージリンのファーストフラッシュが入荷しておりますよ」

「ありがとうございます、それではそれのストレートをホットで」

「いつも本当にありがとうございます」

久しぶりらしい常連客には季節限定の紅茶をさらりと勧め、それに合うお菓子をサービスで提供していた。

客の好みによって、その都度サービスを変えているところが、この店の居心地のよさをつくっているのだと思い至ったとき、ますます美沙はこの店に足しげく通うようになっていた。

美沙が通うようになり、しばらくしたとき。いつものように店長が「よろしかったらどうぞ」とミルクティーと一緒に出してくれたお菓子はマカロンだった。店で売っているような円形の生地にガナッシュを挟んだ小綺麗なものではなく、生地を棒状にして切って焼いたものに粉砂糖をまぶした、素朴な見た目のお菓子だ。

「ありがとうございます、いただきます」

美沙はお礼を言って、マカロンに手を伸ばした。疲れた体に、マカロンの素朴な甘みと、香りづけのレモンが染み渡った。

その日もお茶を飲み、マカロンを味わってから、会計のときに言う。

「マカロン、美味《おい》しかったです」

店長はその言葉に、ふんわりと笑った。

「それはよかったです。いつもいらっしゃってくださり、本当にありがとうございます」

その返事に、美沙は少しだけしゅんとした。

店長にとっては、あくまで美沙は客のひとりだが、彼女にとってはそうじゃない。この店のおかげで生かされている実感があった。その感謝を伝えたくても、彼女の性格が災いして、当たり障りのない言葉しか口にすることができなかった。

その日も、美沙は仕事帰りに疲れた体を引きずって、【シナモン】へと向かっていた。また仕事が増え、せめて紅茶一杯でも飲んで帰らないとやっていられなかったのだ。

見慣れた通りを歩いていると、いつもの道がやけによそよそしく感じ、「あれ？」と思って辺りを見回す。そして、そのよそよそしさの原因に気が付いて、彼女は愕然とした。

【シナモン】の扉に休業を知らせる貼り紙がしてあったのだ。

それからひと月経ち、扉に貼られた紙は、少しずつ少しずつ色あせていった。なにがあったんだろう。美沙はいろいろ考えてみたが、本当にわからなかった。この辺りに区画整理の話が出たということもなさそうだった。

店が休業してから、美沙は最初の一週間は毎日様子を見に行ったけれど、その後はだんだん、三日に一度、一週間に一度と、その頻度は少なくなっていった。いい加減諦めてしまおうか。そのほうが楽になれるし、新しい避難場所を開拓できるかもしれない。そうわかってはいたが、人見知りが過ぎる美沙は、ここほど居心地のいい場所を見つけ出せる自信がなかった。

最後にもう一度だけ見に行こうと店に向かったとき、美沙は目を疑った。

扉に貼られていた紙が、なくなっている。そして黒板に本日のモーニングやランチのメニューが書かれている。自然と足早になって、店の扉を開いていた。

カランとベルが鳴り、見覚えのある店長が、穏やかに笑って会釈してくれた。

「いらっしゃいませ」

その声に、美沙の胸は弾んだ。しかし。美沙がいつものように窓際の席に向かおうとすると、カフェエプロンの女性に制止された。

「申し訳ございません。席はこちらがご案内しますから」

「あ……はい」

見覚えのない女性で、なにか違和感を覚えた。今まで【シナモン】は店長ひとりで切り盛りしていて、店員がいたことは一度もなかった。

女性に注文をしてから、美沙はカウンターのほうを眺めた。気のせいか、店長の動きがいつもよりも仰々しい。ざらりとした違和感は、更に強くなった。

美沙がその違和感の正体を摑み損ねている間に、女性は「お待たせしました」と言って、ミルクティーを持ってきてくれた。

美沙はおそるおそるカップにミルクを注いでかき混ぜ、それをひと口飲んだ……違う。いつも飲んでいたものよりも、渋い味だったのだ。サービスが当たり前とは思わないが、いつも添えられていた小さなお菓子がなくなっていたことも気になった。

なにがあったのかは知らないが、店長は人が変わってしまった。そのせいか、普段だったらなんとなく集まっている常連客も少なくて、よそよそしい雰囲気が漂っている。あの居心地のよかった場所は、もうなくなってしまったんだと、美沙は寂しく感じた。お茶を飲み終えた美沙はいつものように長居はせず、会計を済ませ、のろのろと店を出ていこうとしたそのときだった。

「あのう、もしかしてこの店の常連の方でしょうか？」

会計をしてくれた女性に声をかけられ、きょとんとしながら振り返る。

「はい、そうですけれど」

「今回は大変申し訳ございませんでした。私、こういうものです」

女性はそう言いながら、名刺を差し出す。【シナモン】の優しいデザインではなく、文字しか書いてない簡素なものだった。

【NPO法人　サポートネットワーク　花井《はない》のどか】

意味がわからなくて、彼女の顔と名刺を何度も見比べる。

「驚かれたかもしれませんね、私、店長さんのサポートのためにここで働いていますが、こちらの不手際で不愉快な思いをさせてしまって申し訳ございません」

「ええっと……どういうことでしょうか？」

「店長さん、ひと月前に交通事故に遭い、記憶を一部失ってしまったんです」

美沙は、驚いてもたつきながら作業をしている店長をカウンター越しに見た。思い返せば、たしかに納得できる場面がいくつもあった。事故から回復するまでには、時間がかかるだろう。店長は客の好みを全部把握しているはずなのに、何故か今日は誰に対しても対応が同じだった。それに紅茶の味も、あまりよくない。

「もし常連の方でしたら、どうか店長さんが一日も早く日常生活に戻れるよう、見守っていただけないでしょうか？　私は店のほうの手伝いはできても、ここがどんな店だったのかまではわかりませんから」

花井さんにそう言われ、美沙は途方に暮れた。今までそんな風に頼られたことなんて、一度もなかったのだから。

「……考えさせてください」

それだけを彼女に伝えて、美沙は店を出た。

美沙は帰りながら、名刺の感触をたしかめつつ、考え込んだ。

あの店はもう自分の好きだった場所には戻らないのでは。そんな不安が胸をよぎる。店長が記憶喪失になってしまった以上、飲んでいた紅茶の味もサービスも、あの頃のようには戻らないような気がする。

その一方で、美沙は店が休業していたひと月の間、ずっと諦めきれずに通っていたことを思う。

店内に漂う紅茶やコーヒーの匂い。ブラインド越しに眺める街並み。店長がこちらを見ながら絶妙なタイミングで届けてくれる紅茶とお菓子をいただく贅沢な時間。

あの時間が、この街で毎日忙殺されている自分を支えてくれた。会社で理不尽なことがあって塞ぎ込みそうなときも、あの店に行けるという期待が自分を励ましてくれた。

自分が店長のために大したことができるとは思えないけれど、明日もまた行ってみようと美沙は思い至る。もう全く同じには戻らないかもしれないけれど、新しい避難場所になるようにと。

店には客が必要で、客には店が必要だから。

ツケのきく店

神野オキナ

「人生に必要なのは感じのいい喫茶店と落ち着けるバーだ」

と営業回りの頃、先輩に教えて貰った。

五十歳を超えて真実だと思う。

私の場合、酒が苦手なので、特に会社から歩いて十分以上、二十分圏内の喫茶店となれば、それはもう大事だ。

食事が出来て、うちの社員が来ないとなればなおいい。

そもそも、喫茶店という存在自体が、昨今は失われつつある。

私もなんとか部長になって、昼食時にもなにかの打ち合わせということが増えてきた。

それでも週に三回ほどは、こういう喫茶店で食事が出来る。

柔らかい椅子に腰を下ろす。

完全な無音ではなく、客のお喋りや有線放送、ドア越しの雑踏などの、程よく抑制された喧噪に耳を傾けながら、誰かの淹れてくれたコーヒーをすると、忘れそうになっている「手軽な豊かさ」が身体に染みる。

世知辛い世の中だが、だからこそそういうことは大事だ。

私は、秋の穏やかな陽射しに照らされて、かつて目抜き通りだった場所へ入った。

二十年前に衰退してシャッター通りと呼ばれ、少し前に若い連中が借りるようになり、例のコロナ騒動でまた元にもどったが、今は何とか回復している……のだそうだ。

その突き当たりにその喫茶店はあった。

昔懐かしい鍵のマークの入ったコーヒーメーカーの看板。

店名を書いたプレートが「ＯＰＥＮ」の側を向けて下がっているドアは、木枠にガラスが入った古風なもので、かなり年季が入っているが、ピカピカに磨き上げられている。

店の中は、まだわずかに冷房がかかっていた。

ドアの向こう側には右手に木のカウンター、左手に四人掛けのボックス席が二つほど。

室内は暗めで、カウンターの中の私と同年代のマスターと、二十代はじめぐらいの女性店員がひとり。

居酒屋のような無用な明るさではなく、落ち着いた、ほんのりした明るい雰囲気。

ボックス席は私のような会社員たちで埋まっていた。

私はカウンターに腰を下ろした。

最近のJ－POPでもなく、クラシックでも、ジャズでもなく、イージーリスニングがかかっているのもいい。

五十代後半の、口髭を生やしたマスターが、客に挨拶し、コックと共に忙しく立ち回りながら、料理を作っているのが見えた。

「よう、兄《あん》ちゃん。今日も忙しそうだねえ」

カウンターの奥には、大きな毛糸の帽子をかぶった髭面《ひげづら》の黒沢《くろさわ》老人が、ニコニコと手を挙げる。

そろそろ五十を越えた私に「兄ちゃん」もないものだが、相手が七十過ぎならしかたがない。それに、バカにした雰囲気のことではないのが判る。

「お陰様で」

一礼しつつひとつ席を空けて、私は老人の隣に腰を下ろした。

いつものように、ランチセットを注文する。

今日は多めのサラダにナポリタンとトースト。この組み合わせがありがたい。炭水化物だらけだが、昼食ぐらいそうさせて欲しい。この半年、毎日帰りは一駅歩くことにしているし、家に帰れば妻の厳格なカロリー管理が待っている。

全部合わせても税込み七六〇円。儲けられてるのかが不思議な値段だが、繁盛しているから、なんとか廻っているのだろう。何度か会社帰りや、休日出社の際に覗いたことがあるが、平日、土日の夜も結構人が入っている。駅に程よく近く、程よく遠い、という立地と、この辺に出店していた大手コーヒーショップが折からの不況で採算が取れずに閉店した、というのもあるのだろう。

「黒沢さんもお元気そうで」

「おう、俺ぁいつでも元気よ、はははは」

黒沢老人は毎週月曜日に、この喫茶店にいる。

別の常連の話によると、現れる日は店を開けると十分足らずで現れるそうだ。

そしてコーヒーを一杯。私が来るとこうしてにこやかに話しかけてくる。

座っているのは、いつもカウンターだ。

そしてカフェインレスのコーヒー三杯で閉店までいるのだという。

不思議に人好きのする老人で、カウンターに座っていると自然に話が弾む。

これは老若男女変わりがないようだ。

マスターも人好きのする人物だが、黒沢老人のほうが奇妙なカリスマというか、オーラのようなものがあって、かなりの数の客が老人目当てに来るという。

私もこの黒沢老人と喋るのは好きだ。

政治に経済、社会、野球……人を選ぶような面倒くさい話でも、この老人はあっさり、そして楽しく返していく。

それがまた、慎重に言葉を選んでいて、こちらを否定することがない。

「なるほど、そいつは面白いねえ」

まず頷いてくれる。

黒沢老人は、世界を楽しんでいるように見える。

私が楽しく三十分ほどで食事を終えると、珍しく黒沢老人も立ち上がった。

「さて、今日は病院に行かなくちゃいけないんだよ」

「そうなんですか」

「じゃあな」

そういって黒沢老人はマスターに手をあげた。

「お気をつけて」

にっこりとマスターは微笑んで老人を送り出す。

「あれ？」

老人が精算した様子はない。

「黒沢さん、精算は……」

「ああ、大丈夫ですよ」

マスターが笑って答える中、老人はそのまま、するりと喫茶店から出て行った。

（まさか今時、喫茶店でツケ、なんて話……）

私が子供の頃、そういう話は結構あった。ただ、その時でさえマンガやドラマの中の話だったはずだ。


頭を怪我したのはほんの偶然だった。

息子と一緒にリビングの模様替えをしていたら、数年前に模様替えしたとき、行方不明になっていたカッターが、棚の上から落っこちてきたのだ。

見事にこめかみの二センチ上に刺さって、二針ほど縫うハメになった。

ある意味、私は幸運だったと思う。うっかり見上げたところへ眼にでも落ちて来たら……いやいや、怖いったらない。

頭に包帯を巻いて出社すると案の定、あちこちに説明をすることとなった。

ＤＶまで心配されるのが今の時代だ。

しかも月曜日だから各所との会議がある――仕事よりも説明に疲れていつもより遅い昼休みを取って喫茶店に入ると、丁度客が一時引いたがらんとした店内で、マスターと女性店員が目を丸くした。

「どうしたんですか？」

「棚の上から置き忘れてたカッターが降ってきたんだよ」

さすがに十数回の説明をすると省略するのも楽になる。

「ははは、じゃあ、あんたも俺とおそろいだなあ」

黒沢老人はそう言って、ひょいと、いつも被っている毛糸の帽子を外した。

大きな手術痕が頭頂部に刻まれていた。

「なんか知らねえけど、俺も怪我してよ、昔のことは全然思い出せねえんだ」

そう言ってすぐに黒沢老人は帽子を被り直した。

「まあ、お陰で日々新鮮でいいよ。あんたはどうだい？」

「いや、さすがに記憶までは……」

私は引きつった笑いを浮かべた。黒沢老人の冗談なのか、本気なのか、さっぱり判らない。

「で、病院大変だっただろ？……って話は無粋だよな」

笑って老人は話を切り替えた。

それから十分ほど話をしていると黒沢老人の腰で電話が鳴った。

ジーンズのポケットからスマホを取り出し、老人は苦笑いする——珍しいことにリマインダー機能をちゃんと使いこなしているらしい。

「あ、そうか今日も病院だっけ……年食うとあちこちガタぁ来ていけねえよ」

笑って老人は席を立った。

「んじゃ」

「はい、お気をつけて」

老人は片手をあげ、やはり会計もせず行ってしまった。

「あの、マスター。黒沢さんってツケなんですか？」

「表向きはそういうことにしてあります」

マスターはニッコリ笑った。

「表……向き」

「ええ」

マスターは笑って、普段は見えない、カウンターの向こう側にある棚の一番上から写真立てを一つ、脚立に乗って降ろしてきた。

だいぶ色あせた写真だ。

まだ店の周囲に昔ながらの個人商店があり、店の前で、髪の毛がふさふさして、まだ五十代ほどの黒沢老人を挟んで、ヒゲのない若者と、女性が、Vサインをして写っている。

「私と妻です」

「へえ……じゃあ、ここ黒沢さんの？」

「ええ。もともとはあの人がお父さんの代からやってたんだそうです。戦後の焼け跡から。で、私は家が近くだったんで、高校の頃からアルバイトしてました」

服装からすると一九八〇年代の終わり頃だろうか。有名なスキー映画の映画ポスターがそばの電柱（これも今はこの場所にない）に貼ってあった。

「バブルが弾ける直前の頃ですかね。黒沢さんの奥さんが重い病気で、治療費が莫大にかかる、ってんで店を売ったんです。私その頃は株屋をやってましたが、妻ともここで出会ったんで、この店を守ろう、って……だから黒沢さんに頼んで、丸一年、コーヒーの淹れ方を教えて貰いました。完璧のお墨付きが出たのはそれから二年後です」

でもね、とマスターは一旦言葉を句切った。

「長患いの末に奥さんがなくなった後、酷く落ち込んだんでしょうねえ。二年前の年の瀬、車で事故を起こしたんです。自損事故で、ガードレールに突っ込んだ。シートベルトしてなかったもんだから路上に投げ出されて、頭を」

「あ……」

毛糸の帽子の下にある傷は、そうして出来たものらしい。

「それで記憶をなくしちゃったんですよ。でもね、リハビリが終わって退院したら、ふらっとうちに現れたんです『美味《おい》しそうなコーヒーの匂いがする』ってね」

「黒沢さんにはこのことを……」

「話してません。――じっくり、じっくり思い出して貰えればいいんです。このコーヒーで」

マスターはニッコリと微笑んだ。

「だからあの人からは、進んでお金を取らないんです。ここはもともとあの人のお店だし、私は、あの人に返しきれない恩がありますから……それに私、学生の頃は、ここでツケでコーヒーを飲んでましたからね、バイトの分際で」

マスターは笑った。

「このこと、秘密にして貰えますか？」

私は静かに頷いて、「コーヒーをもう一杯」と頼んだ。

二十三年分のエスプレッソ

桔梗楓

扉を開けると、ふんわりとコーヒーの香ばしいにおいがして、来店客はそのにおいを嗅ぐとリラックスしたような表情になる。

店主である僕は、そんな客の表情を見るのが好きだ。

都会より少し離れた郊外にある、ベッドタウン。近くに小学校があって、道路を挟んだ向かい側には地元の酒屋があって、隣はぶどう畑になっている。そういった閑静でのどかな街に佇む、小さな喫茶店。

カフェ・アルミニーア。

僕と妻の二人三脚で営業している。自家焙煎《ばいせん》に拘《こだわ》っていて、巷のカフェ好きの間ではちょっとした人気になっているようだ。モーニングやランチタイム、そしてスイーツの時間はだいたい満席になるので、ありがたい話である。

順風満帆《じゅんぷうまんぱん》とは言いがたいけど、それなりに固定客もいる。カフェの立ち位置としてはそんなところだろう。

その日の夕方、僕は妻に接客をまかせてバックヤードで食器の点検をしていると、カラン、と店の扉の開く音がした。

閉店三十分前。ずいぶんぎりぎりに来たお客さんだ。

「エスプレッソ、お願いします」

注文を取った妻が、僕に声をかける。

「はい」

頷き、バックヤードから店内に入った。客はひとりで、カウンター席から離れたテーブル席の一番端っこに座っている。

「いらっしゃいませ」

僕が挨拶すると、客はうしろを向いたままコクリと頷いた。

時代遅れなデザインの、灰色のスリーピースのスーツと中折れ帽子。

——その後ろ姿に、見覚えがあった。

まさか、いや、見間違いかもしれない。けれど、僕の予想が当たっていたら。

「どうしたの？」

作業の手が止まった僕に、妻が不思議そうな顔をする。

「いや、なんでもない。エスプレッソだね」

僕は気を取り直して、戸棚からマキネッタを取り出す。

うちのエスプレッソは、直火式。電気式より圧力が低く、クレマと呼ばれる上層の泡部分が少ないが、雑味やえぐみが少なくて飲みやすいのが特徴だ。

本場であるイタリアでは、電気式のマシンで作るのが『エスプレッソ』、直火式のマキネッタで作るのは『モカコーヒー』と呼んでいる。

だから、うちもそれに倣《なら》ってモカコーヒーとしておくべきなんだろうが……。

僕は、どうしてもできなかった。なぜなら僕にとって、これこそがエスプレッソだったから。そして、なにかの奇跡があって、もし『彼』が来店したら、きっと『モカコーヒー』ではわからないだろうから。

たとえ間違っていても、僕はこれを『エスプレッソ』としてお出しする。

うちのエスプレッソは、アラビカ種とロブスタ種のブレンド豆だ。本当は、香り豊かなアラビカ種のコーヒー豆だけでいきたいところだけど、エスプレッソ上層のクレマを作り出すために、ロブスタ種の油分が必要なのだ。

細挽きの豆をバスケットに入れて、弱火で火にかける。

うちのエスプレッソは少し時間がかかるのが難点。なめらかで層の厚いクレマを作り出すために、弱火でじっくり温めて、マキネッタ内部に圧力をかけていく必要があるからだ。

でも、この拘りがあるからこそ、自慢の逸品。

コーヒーを抽出し終えてマキネッタのふたを開けると、そこにはきめ細かい気泡が集まった、キャラメル色のクレマが見えた。

僕は出来映えに満足しつつ、白い陶器のエスプレッソカップにゆっくり注いだ。

「お待たせいたしました。エスプレッソです」

妻が客のテーブルにエスプレッソと付け合わせのビスコッティを置く。

客はしばらく動かなかった。

まるで魅入られたようにエスプレッソを見つめたあと、ようやく、近くのシュガーポットを開ける。

一杯、二杯。

グラニュー糖が、ガラスのビーズみたいにきらきら光る。

クレマの上で山になって、ゆっくりと、沈み込んでいく――。

それを見届けた客はおもむろにカップの取っ手をつまんで、口に運んだ。

ひとくち、ふたくち。

啜《すす》るように飲んだあと、小さくため息をつく。

その表情は幸せそうで、満足そうで――。

間違いなく、記憶の中にある『彼』の表情と、まったく同じだった。

結論を言えば、彼は僕の父だ。

喧嘩別れをして二十三年。一度として顔を合わせることはなかった。

性格の不一致というよくある理由で離婚した両親。僕は小学一年にして究極の選択を迫られ、父の下に行くことを決めた。理由はいろいろあったけど……。大きな理由としては、母が僕を望んでいなかったということが挙げられるかもしれない。

彼女には好きな男がいたみたいだし、父そっくりの顔をした僕に対し、当たりが強かった。

それだけを聞くと、離婚の原因は母ひとりが悪いようだが、そうでもない。

なぜなら父は、子供の俺ですら辟易《へきえき》するほど、厳格な人間だったからだ。

おまけに頑固で無口で常に厳《いか》めしい表情を浮かべている。

なぜこんな男と結婚した？　と子供心に疑問を覚えたくらいだったので、母の心変わりはむしろ納得すらできていた。

父ひとり子ひとりの生活は、たんたんと過ぎていく。

テストで百点を取ったら頷くだけ。悪い点を取ったら「次は頑張れ」と一言だけ。

まるで上司と部下みたいなドライな関係だった。だというのに、門限は厳しいわ、ちょっと髪を染めたら雷を落とすように怒るわで、僕に干渉してくる。それがうざったくて、面倒で。僕はあまり父と話すのが得意ではなかった。

高校の頃に、カフェの仕事をしたいと決めて、専門学校に通いたいと父に相談したのだが、「そんなチャラチャラした仕事は認めない」の一点張りで、まったく取り合ってくれなかった。父としては、公務員とかサラリーマンとか、堅実な仕事に就《つ》いてもらいたかったのだろう。けれども、僕はどうしてもカフェの道を究《きわ》めたかった。いつか店を持ってカフェオーナーになる夢を諦めることができなかった。

高校を卒業して、無難な会社に就職して――

父は昔ほど僕の私生活に干渉しなくなった。門限もなくなった。

だからこの機会にと、僕は父に黙って、夜は専門学校に通った。

勉強して仕事をして、また勉強の日々を二年。そして専門学校を卒業したあとは、数年間、夜は喫茶店でアルバイトをした。

そして――僕のもとに、嬉しいチャンスが舞い込んできた。

雇われだけど、小さな喫茶店のオーナーになってみないかと声をかけられたのだ。アルバイトでお世話になっていた店長の知り合いが、高齢のために喫茶店を閉めようかと悩んでいるということだった。

僕はすぐに了承して、今度こそと父にすべてを話した。

カフェの仕事はチャラチャラしたものじゃない。真面目に、真剣に、カフェを経営したいと思っているんだと。ひとりでも多くの人に、ほっと一息できる時間を提供したいのだと。

思えばその時初めて、僕は自分の気持ちをすべて父に話したのだ。

しかし返ってきたのは、父の激昂した声だった。

自分に隠れてそんなことをしていたのか。

前にも言っただろう。そんな地に足のついていない仕事はだめだ。まともな人生を選ぶんだ。そんなふうに育ってもらいたかったんじゃない。

――まともな人生ってなんだ？　あんたの思うまともな人生ってなんなんだ？

気づけば大喧嘩していた。取っ組み合いの喧嘩だ。殴ったり殴られたり、罵ったり罵られたりして、互いに言葉を投げつけ、拳を振るう。

「もういい！　顔も見たくない。出て行け！」

「ああ、出て行くよ。僕だって二度と父さんの顔は見たくない！」

そんな捨て台詞を吐き合って、僕たち親子は袂を分かった。

まあよくある、喧嘩別れってやつである。

それから二十三年。僕たちは一度も顔を合わせることはなかった。お互い頑固で、間違いなく僕はあの人の血を引いた子供だったんだろう。

二十三年という年月は、果たして長いのか、短いのか。少なくとも、僕の心に変化をもたらす程度には長かった。

雇われカフェオーナーになって、経営を軌道に乗せるのに、五年。

妻に出会って恋をして結婚するのに、三年。

僕の雇い主が、店を僕に託して亡くなって、八年経った。

そして今の僕は、一人娘を持つ親だ。

父と同じように、子供を育てる立場になって——ようやく気づいたことがある。

あの人は一生懸命だったんだ。離婚して、息子を引き取って、育児をしながら働いて、自分の時間なんてほとんどなかったと思う。

世の中にはびこる、親子に関する悲しい事件をニュースで見るたび、僕は心が痛むと共に『父と僕の関係はこんなものじゃなかったんだ』と自覚した。

僕は愛情を受けて育ったのだ。不器用で、ヘタクソだったけど、あの人はちゃんと俺を愛してくれていた。髪を染めたことを怒ったり、門限が厳しかったのも、俺を心配してのこと。喧嘩別れした日こそ取っ組み合いになったけれど、それまでは一度として、父は僕に手を上げたことはなかった。

――それらすべてが、愛情でなくてなんなのだろう。

けれども、その真実に気づいた時、僕も彼も、歳を取り過ぎていた。

今更どんな顔をして会いにいけばいい。謝るのも変な話だ。僕は自分の歩んだ道をひとつも後悔していない。でも、だからといって、僕は彼に謝ってもらいたいわけじゃない。

うまく言えない。どうやって仲直りしたらいいかわからない。

……僕も、父と変わらず、相当不器用な人間だったのだ。

せめてと思って、僕は年に一度だけ、父に年賀状を送るようになった。

営んでいるカフェのこと。結婚したこと。娘がいること。

一言だけ近況を書いて送っていたら、父からも年賀状が届くようになった。

いかにも既成品といったイラストが印刷されているだけの、自筆で一言も書かれていない味気ないものだったけれど。

それでも僕は、この糸のように細くてちぎれそうな絆を守り続けた。

いつか奇跡が起きますようにと。

父の心に変化が訪れますようにと祈りながら年賀状を送った。

そして彼は――二十三年の時を経て、ようやく僕のカフェに来てくれたのだ。

父さん。覚えているかい。

僕は小さい頃、父さんからエスプレッソの作り方を教えてもらったんだ。

その正式名称はモカコーヒーだけど、僕たちにとってそれはエスプレッソだった。

初めて扱うマキネッタは少し重くて、扱いが難しくて。

それでも、初めてコーヒーを抽出できた時の喜びは覚えている。

ふたを開けたら、キャラメル色のクレマが浮かび上がって、ふわんと心が落ち着くいいにおいがした。

ふたつのエスプレッソカップにコーヒーを注いで。

休日の昼下がりに、ふたりで飲んだ。

その時ばかりは、厳格な父の顔も心なしか緩んでいて。

僕はそんな父の表情を見て――幼心に、カフェの道を目指したいと思った。
将来、あなたの笑顔が見たいと、願ったのだ。

僕と、妻と、高齢の客しかいない、夕刻の閉店前。

彼は時間をかけて、ゆっくりとカップを傾けた。

時々、硬いビスコッティをエスプレッソにつけてさくさくとかじる。

そして、カップの底に沈んだ溶けかけの砂糖をスプーンで掬い、惜しむように口に運ぶ。

ひとつひとつ丁寧に味わった高齢の客は、僕に背を向けたまま立ち上がった。

妻が会計したあと、彼は黙って店を後にする。

「――なんだか、不思議な雰囲気のお客さんだったね」

「そうかな」

マキネッタを洗いながら、僕はそっけなく答える。

「ちょっとだけ、あなたに顔が似ていたよ。でも、よかった」

妻がホッとしたような表情を浮かべるので、僕は首を傾げる。

「ずっとしかめ面だったから、コーヒーおいしくないのかなって心配していたの。でも、エスプレッソを飲んでいた時のお客さん、とっても嬉しそうだったから」

「そうだね、僕も見た」

カチャカチャ。洗い桶の中で、食器がかちあう音がする。

「おいしかったなら、ひとこと言えばいいのにな」

――本当に、どこまで口下手なんだ。

年賀状でも、一言も書かないでさ。言わなきゃわからないだろ。

そんなだから、離婚されたんだ。本当に不器用で、思いを表現するのがヘタクソで、どうしようもない。バカで、放っておけなくて、くそ真面目で――。

ああ、もう。バカ。本当にバカだ。何年ぶりだと思っているんだ。

僕は衝動に駆られたように走り出した。手についた水を切るのも忘れてカウンターを飛び出し、カフェのドアを開ける。

目に入るのは、まぶしいくらいの西日。夕焼けを背に受けて、縦にのびる影を辿るように歩いていく、時代遅れなスーツを着た高齢の男。

「この、分からず屋で頑固者のバカ親父！」

ありったけの思いを込めて叫ぶと、彼はびっくりしたように肩を揺らして足を止めた。

「エスプレッソ、うまかっただろ。おいしそうに味わって飲んでたところ、僕はちゃんと見てた！」

見逃すわけがないだろう。

いつかあんたに飲んでもらいたいと思って作っていたんだ。

年賀状で店の場所を教えたのだって、そう。

僕の二十三年分の思いを、あの小さなエスプレッソカップに注いだ。幼少の頃に見せてくれたあの笑顔が見たくて、僕はマキネッタで作るエスプレッソをメニューに入れ続けた。

その気持ちを、思いを、あんたは、受け取れない人じゃない。

僕は少し肩の力を抜いて、いまだ振り向いてくれない彼の背中に微笑む。

ほんと、不器用な人だな。

でもまあ、僕も不器用だから仕方ないな。似たもの同士の親子だもんな。

父の背中は、思い出の中にあるそれより小さく見えた。

二十三年も経っているんだから、当然だ。

「……今度は家に来いよ。エスプレッソを飲みながら話そう。あんたの孫にも会って欲しい」

言っておくけど、愛娘は妻に似て可愛いんだからな、腰抜かすなよ。いや、心配性な性格が顔を出して僕の時以上に過保護になるかな。

彼は背を向けたまま、ゆっくりと脱いだ帽子を口元に当てる。

小さくなった身体はなにかに耐えるように震えていたが、やがて大きく頷いた。

そして、最後までこちらに顔を向けないまま去って行く。

「お客さんと、知り合いだったの？」

遅れてカフェから出てきた妻が、不思議そうに尋ねる。

僕は妻にくすりと笑った。

「ああ、じつは僕の父さんでね。意地でも泣くまいといった感じだったよ。まったく――二十三年経っても可愛げのない人だ」

今夜にでも電話をしてみよう。積もり積もった話を聞いてもらおう。

そしてうちに遊びに来てもらって、娘に会ってもらって。

その時こそ、父は泣くだろうか？　我ながら意地悪だけど、今から楽しみだ。

二十三年分のエスプレッソはどんな味がしたのだろう。

カフェで見せた父の横顔が、すべてを物語っている気がした。

思い出のカヘバー

霜月りつ

子供の頃住んでいた田舎は一日にバスが三本通るくらいだったがカフェもあった。もっとも、小学校の近くにある雑貨屋が奥のテーブル席でお茶を出していただけで、僕らは「カフェ」じゃなく「カへ」と呼んでいた。店主の敏江《としえ》さんのことはもちろん「カへばあ」だ。

小学生の僕らはそこでパピコを食べたりつぶつぶオレンジを飲んで、3DSをしたりデュエルしたりして過ごした。

六時半からはカフェバーに変わる。

子供だった僕らはそこでおじさんたちが飲む缶ビールが羨ましかった。

「なあ、カへバー、いかないか？」

言い出したのは敬輔《けいすけ》だった。

「カへバーって、あの、カへばあがいるところか？」

小学校の同窓会で、二〇年ぶりに僕は敬輔と肇《はじめ》に再会した。元々僕らが通っていた羽山《はやま》小学校は、四年生のときに廃校となり、全校生徒二六人は隣町の杉《すぎ》田《た》小学校まで通うことになった。とはいえ、杉田小学校だって一学年一クラスだったんだけど。

敬輔と肇はその羽山小学校の同窓で、僕らはほかの生徒より仲がよかった。

小学校が杉田に変わってからは、通学路から外れてしまったためにカヘにも足を向けなくなった。それから中学、高校へと進むうちにすっかり町のファーストフード店に慣れ、カヘのことなんか思い出しもしなかった。

家から歩いていける距離なのに、子供ってのは残酷なものだ。

「今一九時半だからきっとカヘバーになってるな」

「まだあるかなあ。それより二次会行かないのか？」

僕は向こうのほうで盛り上がっている旧友たちを見ながら言った。

「久しぶりにハジメやイサミとゆっくりダベりたいと思ってさ……」

敬輔が気弱げな笑みを見せる。

「そうだな。俺たちの心のオアシスはカラオケよりカへだな」

肇が感慨深そうに言った。デュエルで負けては椅子をひっくり返していたやつとは思えない。

「まだやってるかなぁ」

「やってなかったら戻ってカラオケいけばいいさ。幹事の連絡先はもらってる」

敬輔はこういうところぬかりない。

そんなわけで僕らはタクシーでカへに行くことにした。僕はタクシーを待つ間、トイレにいった敬輔が大事に抱えていたボストンバッグを開けてみた。中には包丁が無造作に入っていた。僕はジッパーを閉めた。

車は田舎道を走り、懐かしの羽山小学校の近くまできた。小学校はもうあとかたもなかったけど、カへはあった。派手な電飾に彩られた軒先がタクシーの中からも見えた。

「おおー」

肇がその明かりを見て叫んだ。

「わあ、まだあった」

敬輔も持っていたボストンバッグを抱きしめて声をあげる。

「なつかしー」

カヘは変わっていなかった。店の前に置いてあるアイスケースも、自動販売機も、曇っているガラスの引き戸も。手作りの「カフェバー」の看板も。

「こんばんはー……」

おそるおそる引き戸を開けると奥に座っていたばあちゃんが顔をあげ、「らっしゃい」と言った。

(カへばあ！)

声にこそ出さなかったが、敬輔も肇も同じように思ったらしい。二人とも口に手を当てて叫び出しそうなのをこらえていた。

「飲み物はビールしかないよ。つまみは店のを買ってくれ」

ばあちゃんはぶっきらぼうに言った。その声の調子も懐かしい。

僕らはガタガタ揺れるテーブル席に座った。敬輔はそばの空いている椅子にボストンバッグを大事そうに載せる。肇は煙草に火をつけた。

僕らは缶ビールで乾杯した。

懐かしい、懐かしい。懐かしいしか出てこない。

小学生の一年から四年、毎日ここに来て二人と遊んだ。代わり映えのしないアイスやお菓子を買って、晩ご飯までずっとゲームをしたりしゃべったりマンガを読んだり喧嘩したり仲直りしたりして過ごした。

「暗黒の地獄の死者デッキ」

敬輔がくすくす笑いながら言う。当時、僕が構築していたゲームデッキだ。

「エナジースピリットデッキ」

僕も敬輔のデッキの名前を言った。敬輔は昔からシャレていた。

「二人ともまとめて俺のワイルドモンスターデッキの餌食になるがいい」

肇が芝居がかったせりふを言って僕たちは爆笑した。

「あー、恥ずかしい！」

「俺、まだ持ってるよ、デッキ」

「俺もいまだに新しいカードでるとちょっと見たりする」

さっきの同窓会では今の仕事とか健康状態の話ばかりでこんなガキみたいな話はできなかった。やっぱり敬輔と肇は違う。こいつらは僕の子供心だ。

缶の中身がなくなった頃、カヘばあが黙って三本追加してくれた。無愛想だけどよく見ている。そういえば子供の頃は、カヘばあにずいぶん世話になった。

僕の家は共働きだったので、母親の帰りが遅いとき、ここで晩ご飯を食べさせてもらっていた。肇は親と喧嘩したときここに隠れていたし、敬輔はスズメ蜂に追いかけられて逃げ込んできたこともある。

カヘばあは親や教師とはまた違う、「助けてくれる大人」だったのだ。

店の中に音楽が流れてきた。これはよく知っている二〇年前のヒット曲だ。

懐かしさに浸って僕たちはしばらく黙ってその音楽を聞いた。

「みつめあーうと〜すなーおーに〜おしゃーべりぃでき〜なーい」

肇が小さな声で歌う。あの頃は歌詞の意味もよくわかっていなかった。

「昔は、考えることがシンプルでよかったよな」

敬輔がつぶやいた。

「今は何か考えるとその先のことや裏や影響なんかを考えなくっちゃいけなくて……面倒だよな」

「なんかいやなことでもあったのか？」

敬輔の表情がつらそうだ。彼の心中を思って僕は尋ねた。さりげなく、できるだけ優しく。でも敬輔は答えなかった。

「仕方ないさ、大人の世界は子供の世界より広い。いろいろと絡み合っている」

肇がふーっと鼻から煙を吹きだし、わかったようなことを言う。

「子供の頃、学校から帰るとき、石を蹴って帰ったことがあるだろう？」

敬輔がカヘバーの壁に貼られた色あせたビールのポスターを見つめて言う。

「石が思ったように進まなくてさ、田圃《たんぼ》に落ちたり川に落ちたり。おまえたちはそんなときはどうした？」

敬輔の言葉に思い出す。確かに石蹴りをして家まで帰ったことはよくある。

「そりゃ道から外れたら新しい石を見つけて蹴るしかないだろ」

僕がそう言うと敬輔は寂しそうにほほえんだ。

「大人になったらそもそも道を外れないように、細心の注意を払って蹴るんだよ。田圃なんかに落ちたら終わりだからな」

「なんの話をしてるんだよ」

肇が少し苛ついたように言う。灰皿に乱暴に吸い殻を押しつけた。

「子供の頃は新しい石でいくらでもやり直せたけど、大人になったら石は一個だけってことさ」

敬輔は缶ビールをあおった。重い、辛いことを抱えているのだと僕は思った。

「石が一個だけってことがあるかよ。そりゃおまえが周りを見てないだけだ。いくらでも石は転がってる。一個だけに執着しなくてもいいんじゃないのか？」

肇があきれたように言った。あ、違う、と僕は焦った。肇の言ってることも正しいがきっと今の敬輔のほしい言葉じゃない。

「一個の石を大事にするやつもいるだろうし、それはそいつの人生だ。だけど、川に落ちた石をいくら眺めていたって先に進めねえじゃねえか。そのときは新しい石に気持ちをすぱっときりかえねえと」

案の定、その言葉を聞いた敬輔の顔がこわばってゆく。

「でも――その石がとても大事なものだったら？」

「大事なものでもなんでも落ちたら終わりじゃねえか」

新しい缶ビールのプルトップを開けて肇が言う。

「終わり……終わりか。それしかないか」

呻くような敬輔の声。泣いているのかと僕は思わず彼の顔を見た。

「——落ちたらとりにいけばいいじゃないの」

不意に、パピコと一緒にしゃがれた声がテーブルに置かれた。

「え？」

顔をあげるといつのまにかカヘばあが立っていた。カヘばあは僕と肇にもパピコを渡した。

「田圃でも川でも、深いとこなら、ほれ」

カヘばあは手を差し出した。

「手をつないでやるよ。支えてやるから」

カヘばあは僕たちの話をきちんとは聞いていなかっただろう。だからほんとに敬輔が川か田圃になにか落としたのだと思ったのかもしれない。

敬輔は真面目な顔をして自分を見ているカヘばあをぽかんと見て——それから骨と皮だけのしわくちゃな手を見た。

「カヘばあ、俺……」

「敬輔」

僕も敬輔の手を握った。

「僕も支えるよ。辛いことがあるなら聞く。力を貸せるなら貸すよ。石は一個だけじゃない」

「イサミ……」

敬輔は僕がそこにいたことに初めて気づいたような顔をした。

「なんだよ、おまえら。くさい友情ごっこかよ、俺もまぜろ」

肇がわめいて手を重ねた。昔から仲間外れにされることをいやがる。

「カへばあ、イサミ、ハジメ……」

敬輔の目から涙がこぼれる。

「俺……、やり直したい……聞いてくれるか？」

僕たちは敬輔につきそって市内の地検支部へ行った。敬輔の持ち物はあのボストンバッグだけだった。中には包丁の他、青酸カリやロープも入っていた。

敬輔は死ぬつもりで故郷に戻ってきていたのだ。

敬輔が事情聴取されている間に、僕は上司に連絡した。

『よくやった。これで市議の腐敗があばけるな』

「敬輔は市議の罪をかぶって自殺しようとしていただけですから、その……」

『わかっている。だがよく彼の心を変えられたな』

「僕の力じゃありません」

敬輔の心を変えたのはあのしわしわの薄い手だ。

「おまえが検察官になってたとはな、暗黒の地獄の死者」

肇がポケットに手をつっこんで、庁内の壁に寄りかかっていた。

「元々うちのチームで市議の不正を追ってたんだ。敬輔が秘書になってたって聞いてびっくりしたよ。しかも行方不明だったから……自殺するんじゃないかって心配だった」

「同窓会にはくるって思ってたのか？」

「五分五分だったね……でも敬輔ならくると思ってた。敬輔がカへに行こうと言わなかったら僕が誘っていたよ」

肇はポケットから煙草を取り出して火をつけた。建物内は禁煙だったが僕は止めなかった。

「思い出で泣かせて自殺を止めようと？」

「力づけたかったんだよ」

二人で地検支部を出ると、一晩中起きていた目に夜明けの光が眩しい。

「なあ、もう一度カへに行かねえ？」

肇が言った。

「これでしばらく来られないから、カへばあに挨拶していこう」

それで僕と肇はまたタクシーでカへへ行った。ところが、だ。

「閉店のおしらせ」

カヘはシャッターが降りていて古びた紙が貼ってある。日付を見ると五年も前だ。

「これ……いったい……」

「じゃあ昨日俺たちが会ったカヘばあって……」

僕と肇は顔を見合わせた。狐につままれた？　狸にばかされた？

久しぶりに帰った僕らに見せてくれた懐かしい幻だったのか。

呆然としている僕らにタクシーの運転手が大きなクラクションを鳴らした。

「んなわけないいじゃん」

カヘばあの怪を母に電話で話したら一笑に付された。

「カヘと雑貨屋は確かに五年前閉店したけど、夜六時以降のカヘバーは営業している。敏江さんは昼間は老人センターでカラオケだよ」

「じゃあの貼り紙は」

「敏江さんが貼ったままにしてるだけだよ」

「あのくそばばあ！」


僕と肇を死ぬほど驚かせたカヘばあ。

敬輔を死の淵から救ってくれたカヘばあ。

いつか敬輔がすべてを終わらせてさっぱりしたら、また肇もさそってカヘバーに行こう。

僕らがこのさき年を経て、石ころが道を外れても、カヘばあのようにさっと手を差しのべられる大人になれるかな。

泣いてる子供に冷たいパピコを、力強い言葉をあげられるような、そんな大人になれるといいな。

待ち合わせの途中

那識あきら

その喫茶店は、車一台通るのがやっとの細い路地の中ほどにあった。

近鉄奈良駅《きんてつなら》から少し北、大通りから角を二回曲がった先。隠れ家めいた雰囲気の店構えは、僕のような人見知りをする人間にとっては少々入りにくいものなのだけれど、友人がここで待ち合わせをしようと言うのだから仕方がない。

カラン、とドアベルを鳴らした僕を出迎えてくれた店員さんは、幸いにも温厚そうな初老の男性で、あまり気後れすることなく僕は窓際の席に着いた。

大学の前期テストが終わるや否や、文化史総合演習の先生の勧めもあって、僕は奈良公園《ならこうえん》を訪れる計画を立てていた。春日大社《かすがたいしゃ》の国宝殿にて、この春に大修理を終えたばかりの鼉太鼓《だだいこ》が一般公開されているというのだ。「学芸員の資格も取るつもりなら、一度見ておいても損はないよ」なんて尊敬する教授に言われたら、これはもう行くしかないだろう。

——という話を、たまたま学食で会った他学部の友人に漏らしたところ、何故かそいつも一緒に見に行くことになってしまった。その週は奈良の実家に帰省する予定だからちょうどいい、奈良公園には高校の帰りによく寄り道していたが、歴史に詳しい奴の解説を一度聞いてみたかったんだ、とのことだった。

最初は普通に駅前で待ち合わせるつもりだったのに、友人は、かつて馴染みだった喫茶店がいいと言いだした。そういうプチ同窓会みたいなやつは高校時代の友達とやってくれ、と拒否する間もなく、「そこのオーナーが作ったケーキが絶品でさ」なんて付け足され、甘党の僕は言葉に詰まった。「数量限定で昼頃には無くなってしまうんだ」との惹句《じゃっく》がとどめとなって、夏休みだというのに大学に行くよりも早い時間に大阪《おおさか》の自宅を出ることになったというわけだ。

テーブルや椅子から内装の隅々までアンティーク調で揃えられた店内は、古い外国映画の中に入り込んでしまったかのような気分にさせる。照明もランプを模したものであるため、朝だというのに誰《た》そ彼《がれ》時のような薄暗さだ。店員さんはただ一人、さっきの初老の男性のみ。もしかしたらこの人が噂のオーナーなのかもしれない。ともあれ、絶品ケーキとやらは友人が来てからにしよう。

店員さんが置いていった砂時計が完全に落ちきるのを待って、紅茶をカップに注ぐ。爽やかな香りが、ほわり、と辺りに立ち込める。僕はテーブルに置いたスマホに目を落とした。友人と約束した九時を五分過ぎていた。

彼は時間にルーズな人間ではないが、少しばかりおっちょこちょいなところがある。メッセージアプリで送った『快速急行に乗った』にも『駅に着いたぞ』にも未《いま》だ既読はつかず。まさかまだ寝ているなんてことはないだろうな。

ぽつ、ぽつ、と庇を叩く音がして、とうとう雨まで降り始めた。路地に人通りはなく、お客も僕一人だけだ。開店間もない早い時間にこの天気とはいえ、この店の経営は成り立っているのかな、と僕は少々心配になった。


それから更に三十分、雨はしとしとと降り続いていた。すっかり冷めきったミルクティーをちびちびと口に運んで時間を稼いでいるが、友人が来る様子は今のところまったく見受けられない。電話をかけても応答は無く、メールを送ってもなしのつぶて。昨晩に今日のことについてやりとりをしたから、予定を忘れているというわけではないはずだ。そう信じたい。なんにせよ、現時点で一切の連絡が取れていないということから、やはり寝坊の可能性が高そうだ。

募るイライラを舌打ちに逃がしても、胸の奥のもやもやは嵩を増す一方だった。あいつの実家の電話番号なんて知らないし、知っていそうな人間に心当たりも無い。黙ってこのまま待ち続けるしかないのか、と特大の溜め息をついてスマホから顔を上げると——

——向かいの席に知らない女性が座っていた。

僕はぎょっとして軽く身をのけぞらせた。

つい今しがたまで、そこは空席だった。いや、その席どころか店内のどこにも、僕の他にお客は誰もいなかった、のに。

「待ち合わせ？」

風が出てきたのか雨が窓を叩く、その音にかき消されそうなか細い声が話しかけてきた。僕は思わず反射的に「あ、はい」と答えていた。

その女性の印象を一言で言い表すなら、儚い、に尽きると思った。詳しい年齢は分からない。お姉さん、と呼ぶほど若くはなさそうだったが、おばさん、と呼ぶのは躊躇《ためら》われる気がした。皺一つ無い真っ白なブラウスに、陶器みたいな白い肌、今飲んでいるミルクティーのような色素の少ない長い髪。ほっそりとした首といい華奢な肩といい、儚い、という形容詞が実にしっくりとくる。

誰だ、この人。胸の奥からせり上がってきた問いが、喉のところでつっかえる。誰だ、この、人。そう自問せずにはいられないほど、突然現れたこの存在は僕の目にはひどく現実味を欠いて映った。何か言わなきゃと思うものの、言うべき言葉を見つけられず、僕はただ口を開け閉めすることしかできない。

女性が、ほんの微かに首をかしげた。色味の薄い唇が細い三日月を描《えが》いた。

「待たされるのって、つらいよね。何やってるんだ、ってイライラするし、予定間違えたかな、って不安になるし、何かあったのかな、って心配になるし」

　幽寂な声音とは裏腹に、その口調は思った以上に気さくなものだった。僕は虚を衝《つ》かれてまばたきを二度三度と繰り返した。一呼吸待って、言葉の意味に意識が向いて、そこでようやく僕は大きく息を呑んだ。友人の遅刻の理由が、寝坊とは限らないということに気がついたのだ。もしかしたら今、彼は何かトラブルに巻き込まれていて、連絡できない状況にあるのかもしれない。

　僕が考え込むのを見てか、女性がそっと目を細めた。

「今は皆ケータイやスマホを持っているから、すれ違うことってあまりないと思うけど……」

　でもすれ違いって本当につらいから。そう息をついた女性は、窓の外へと視線をやった。

「あの日も、今日みたいに雨が降っていたわ。そのせいでバスが大幅に遅れて、駅に着いた時には待ち合わせ時間を二十分も過ぎてしまっていた」

　囁く声が雨粒のように、窓をつたい落ちていく。

「誰かを待たせている、って、全然気にならない人もいるみたいだけど、でも、そうじゃない人にとっては、本当に心苦しいことなのよね。一刻も早く待ち合わせ場所に向かおうと、信号が青になった途端に周りも見ずに飛び出したら、右折を急ぐ車が突っ込んできて……」

窓枠がガタガタと震え、風がしわがれた声を漏らす。

女性がゆっくりと正面を、僕の顔を見た。いや、僕の目を覗き込んだ。

僕は知らず唾《つばき》を呑み込んでいた。

「待ち合わせに遅れるということだけでも、なんとかして伝えたかったよね。でも、できなくてね。どんなに悲しかったか。どんなに悔しかったか……」

訥々《とつとつ》と語る女性の瞳が、深さを一段増したような気がした。背筋《せすじ》に冷たいものを感じて、僕はぶるりと身体を震わせた。

「二度と会えなくなってしまう前に、一言だけでいいから、謝りたかったな」

「二度と、って、まさか……」

女性から返ってきたのは、寂しそうな、とても寂しそうな笑みだけだった。
まさか、の続きを僕は必死で呑みくだした。この人は冗談を言っているに違いない。でも、まさか。いいや、そんなはずがあるものか、この人は、今、確かにここにいる。それともまさか、これは幽霊だとでもいうつもりか……？

僕が奥歯を噛みしめたその時、窓から明かりが差し込んできた。驚いて外を見やれば、雲の切れ間から降り注ぐ日の光が、か細く煙《けぶ》る雨をキラキラとあまねく浮かび上がらせていた。

眩しさを覚えて店内に目を戻すと、テーブルの天板が陽光を反射して輝いていた。その明るさに比して、陰《かげ》という陰、影という影がより深く濃《こゆ》くなり、女性の姿がみるみる闇に沈んでいく――。

次の瞬間、勢いよく扉を開く音が静寂を破った。「遅れた！　すまん！」との大声が店内に響き渡った。

何が起こっているのかさっぱり理解できないままに背後を振り向いた僕は、

待ち合わせ相手の友人が、ドアノブを掴んだまま肩で息をしているのを見た。

「駅で、スマホ忘れてるのに気づいて、一回家に戻って、またバス乗って、それで、遅れるって連絡しようと思ったら、スマホの電源が入んなくて、バッテリー繋いでも全然駄目で、しかも電車が雨で遅れるし、ホントすまん！」

怒濤の語りに圧倒され、僕はもごもごと口ごもるばかりだった。しばしのちハッと気がついてテーブルを振り返ると、――女性の姿が無い。

「マジすまんかった。お詫びになんか奢るわ。……って、どうした？」

「ここに女の人が座ってたよな？」

「へ？　誰か連れがいるんか？　女の人？　え？　もしかして俺、お邪魔？」

友人の素っ頓狂な声をよそに、僕は茫然と目の前の席を見つめ続けた。つい今しがたまで女性が座っていたはずのその椅子は、まるで最初から誰もいなかったかのように、ただじっと影の中に在り続ける……。

と、背後から友人の朗らかな声がした。「店長さん、お久しぶりです」と。

彼の視線を追った先、さっきの女性がカウンターの前でお冷を用意していた。初老の店員さんが奥から出てきて、「あとは僕がやりますよ」とお冷の載ったお盆を引き取った。はにかんで礼を言う女性に、彼は「せっかく着替えた服を汚してしまってはいけない」と片目をつむる。

「オーナーさんも、お久しぶりです！　ケーキ食べに来ました！」

友人の挨拶に、店員さん改めオーナーさんは「いらっしゃい」と頬を緩めた。

僕は、状況がまったく理解できず、ひたすら目をしばたたかせ続けた……。

「店長さん」と呼ばれた女性は、先ほどまで自分が座っていた席に友人を案内してから、あらためて僕に、ここの雇われ店長だと自己紹介してくれた。

「今日はこれから予定があって、開店準備だけ済ませてオーナーにバトンタッチしたんだけどね」と店長さんは穏やかな笑みを僕に向けた。「貴方《あなた》がやたら時間を気にしてそわそわしているのを奥から見かけて、待ち合わせがうまくいっていないのかな、って思ったらなんだか放っておけなくて……。知らない人が突然話しかけてきて、びっくりしたでしょう？　ごめんね」

「いえ、いいえ」

慌てて首を横に振った僕は、その勢いのままに「でも」と問いかけていた。

「でも、どうしてそんなに僕のことが気になったんですか？」

店長さんは、そっと息をついてから囁くように返答した。

「さっき言ったとおり、私も待ち合わせでつらい思いをしたことがあるから」

「え、でも、その、事故に遭った、って、……でも、あの、二度と、って」

「え？　ああ！　違うのよ。私も、待っていた側なの」

ややこしい言い方していたかな、ごめんね、と店長さんは苦笑を浮かべた。

「時間が過ぎてもなかなか来ない相手にイライラして、すっかり腹を立てて、心の中で悪態ばっかりついていたのよ。そう、ちょうどこの席で」

そう言って店長さんは再び視線を上げた。けれどもその眼差しは僕を掠めただけで、ここではないどこか遠くを見つめているようだった。

「でも、その時あの人は、それどころではない大変な目に遭っていたのよね……。どんなに痛かっただろう、どんなに苦しかっただろう……」

しばし声が途切れ唇が引き結ばれる。そうして店長さんは静かに目を伏せた。

「あの人のことだから、そんな時にも、私を待たせていることをすごく気に病んでいたんじゃないかな。とても真面目で、本当に優しい人だったから。自分がいなくなっても大丈夫だろうか、って私や子供のことをすごく心配したと思うし、私達を残していかなければならないことが悔しくてならなかったと思うの。あの時、あの子は一歳になったばかりで、あの人は毎日のようにあの子のほっぺを突っついては『いつパパって呼んでくれるんだろう』って言って楽しみにしてたもの。大きくなったら皆で一緒にキャンプに行こう、なんて言うから、気が早すぎる、って笑ってたのよ」

店長さんが微笑んだ。第一印象となんら違《たが》わぬ、とても儚い笑みだった。

「あの人はきっと、さいごのさいごまで私達のことを気にしてくれてたんだと思う。なのに私は、呑気にここに座って、あの人に対してプンスカ怒ってたんだよね……。ほんの数十メートル先であの人が苦しんでいるというのに、自分勝手な文句ばかり言って……」

ひとめ、会いたかった。会って「ごめんね」と言いたかった。そう言葉を継いだ店長さんの声は、ほんの僅か震えていた。僕は何を言えばよいのか分からなくなって、膝の上でこぶしを握り締める。

「すれ違いって、本当につらいから。貴方がそんな後悔をしないように、って思って、ついお節介しちゃった。驚かせてしまってごめんね」

店長さんが微笑を浮かべたその時、店の外から軽やかな足音が聞こえてきた。ほどなくしてドアベルの音とともに、高校生ぐらいの女子がひょいと顔を出す。

「お母さん！　なかなか来ないと思ったらまだここにいた！　早く行こう！」

その子が手に下げたビニール袋には、一対の仏花が入っていた。そうだ、お盆だったな、と僕はカレンダーを思い出していた。

何かを思いきるような大きな動作で、店長さんがカウンターを振り返った。

「じゃあ、ちょっとデートしてきますね。お昼には戻りますので、留守をよろしくお願いします」

「お任せあれ」とオーナーさんが片目をつむった。

店長さんは、「ごゆっくり」と僕達にも挨拶をしてきびすを返した。むくれる娘さんに「ごめん、ごめん」と笑いかけて、仲良く連れだって店を出てゆく。

オーナーさんがぽつりと言葉を零した。「気丈な女性《ひと》ですよ」と。

「あの日からしばらく経って、今度は『従業員を募集していませんか』ってやって来てね。『待ち合わせはまだ途中だから』なんて仰るんでね……」

途端に目の奥が一気に熱を帯びる。僕が慌てて深呼吸をするのと同じタイミングで、すぐ近くで鼻をすする音がした。見れば友人が「くそ、目にゴミが」と言って目元をこすっている。僕と目が合うや彼はあたふたと視線を逸らし、それを取り繕うようにしてオーナーさんに向かって身を乗り出した。

「ええと、『本日のケーキ』二つお願いします！　あと、アイスコーヒーと……、お前、何飲む？　さっき言ったとおり奢るよ」

「それじゃあ、僕もアイスコーヒーで」

「承りました」

オーナーさんの返事にかぶって、カラン、とドアが開き、見知らぬ若い女性の賑やかな声が店内に広がった。

「お店で待ってて、って、場所分かるかなぁ。迷わないかなぁ」

「さっき地図送っておいたし、大丈夫でしょ」

「そうそう。まだしばらくかかるなら、お店に入って待つほうが、私達も楽だし、待たせるほうもそこまで気にしなくてすむし、いい考えだよね」

待ち合わせの途中、か。

ふと目をやった窓の外には、いつの間にか抜けるような青空が広がっていた。

孫はアメリカにいる

鳴海澪

桐子《きりこ》は秋の柔らかい日差しが入る窓際に腰を下ろし、カフェオレを前に英会話のテキストを開く。スマートフォンを取り出して録音済みの英会話教育講座を再生した。記憶力はいいほうだったし、勉強は嫌いではなかった。だが七十を過ぎると、昨日覚えたことを今日は忘れているなど当たり前になってしまった。

それでも一年前から始めた英会話が少しでも身についていると感じられるのは、こうして毎日カフェでこつこつと反復学習を続けているからだった。

イヤホンから流れてくる日常会話をテキストで確かめつつ、唇の動きだけで桐子は英文を繰り返した。

復習を終えてから桐子はゆっくりとカフェオレを飲み始める。すっかり冷めているが、勉強を終えたご褒美だと決めているので満足感があった。

ほっと息を吐きながら桐子は辺りを見回す。午前十一時のカフェを半分ほど埋めた客は年配者が多い。本や新聞を読む人、目をこらしてスマートフォンを操作する人、居眠りする人、それぞれが自分の時間をのんびりと自由に過ごし、悩みなどないように見える。

毎日窓際の席でカフェオレを前に英会話の勉強をしている桐子もたぶん同類に思われているはずだ。

三年前に先だった夫が残してくれた小さなマンションと、贅沢さえしなければ、ひとり暮らしには困らないまとまった遺産。昼間から小花模様のワンピースを着てカフェで過ごせる桐子の暮らしを、羨む人は羨むだろう。

どこか自分の生活を他人事のように思いながらカフェオレを飲み干した桐子は、テキストをバッグにしまいカフェオレの紙コップを手に立ち上がった。ダストボックスにコップの蓋と本体を分別して捨てるのもすっかり慣れた。

店を出るときに、カウンターの中にいたスタッフが笑顔を向けてきた。長身に白いシャツと墨色のカフェエプロンが似合う。

「ありがとうございました。毎日頑張っていらっしゃいますね」

岡嶋《おかじま》とネームプレートをつけた彼が微笑む。

毎日通っている間に桐子がスタッフの顔を覚えたように、スタッフも桐子を「毎日来るおばあちゃん」と、認識しているのだろう。親しげな顔をしてくれる。その中でもこの岡嶋は、何かしら声をかけてくる。大手チェーンのカフェでは珍しい接客だろうが、押しつけがましくない気遣いは嬉しい。

「なかなか覚えられないの。毎日繰り返しても半分以上は忘れるのよ」

「半分は覚えているということですよね。すごい成果だと思います」

優しい切り返しに桐子の心がふわりと弾む。

「そうね。そう考えるとやる気が出るわね、ありがとう」

軽く頭を下げた桐子に、岡嶋が柔らかく頷いた。こちらの気持ちをほっとさせるような笑顔も、長身のすっきりした顔立ちも孫の遥生《はるき》を思わせる。

「次にお会いになったら、上達振りにお孫さんがびっくりしますよ」

アメリカにいる孫の許《もと》を訪れる日のために、英会話を勉強しているとつれづれに話したことを、岡嶋はちゃんと覚えているらしい。

「……そうね。そうだといいけれど……」

「そうに決まってますよ」

言葉尻を濁した桐子を励ますように岡嶋が請け合った。

＊＊＊

家に戻った桐子は、夫のコレクションだったジャズのレコードをかけてソファに座る。クリアな音質のCDとは少し違う、温かみのあるレコードの音色を聞きながら、桐子は孫の遥生のことを考えた。

夫がジャズを聴く傍ら、流れる曲を口ずさみながら遥生は絵を描いていた。

『遥生は英語がわかるのか？』

英語に馴染みのない桐子が聴いても綺麗な発音で歌う遥生に夫が尋ねた。

『よくわからないよ。でも音のとおり歌ってるだけだから』

『耳がいいんだな。ちゃんと勉強したらすぐに話せるようになるぞ』

『ほんと？　僕、いつかアメリカに行くつもりだから嬉しいな』

中学生になったばかりの彼はそう言って目を輝かせた。

その目の輝きのまま遥生は、現代アートを学ぶためにニューヨークに行きたいという希望を二人に打ち明けた。

桐子は外国を視野に入れている孫に驚いたが、夫は「そうか……そういうのも楽しそうだ。遥生は好きなことをしなさい。それが若さの特権だ。お祖父ちゃんも若かったら行きたかったな」と笑顔で受け容れた。

『僕がアメリカに行ったら、お祖父ちゃんもお祖母ちゃんも遊びにおいでよ』

それは単なる夢だろうと思ったが、桐子も「楽しみね」と同意した。

『でしょ？　だからお祖父ちゃんもお祖母ちゃんも英語の勉強をしてね』

『お祖母ちゃんには難しいわね。若いときみたいになんでも覚えられないもの』

『ゆっくりやれば大丈夫だよ。約束しよう、お祖母ちゃん。僕も頑張るよ』

指切りをした彼の小指の長さが、器用さの証《あかし》のようだった。

そんな遥生も、去年二十歳になった。

側にいれば、真新しいスーツを着て成人式に行く彼を見ることができただろう。卒業式や入社式のような節目も、感慨深く見守れたはずだ。

遥生が幼い頃は当たり前にそんな日を迎えると思っていた。だが両親とぶつかった彼が、三年前に家を飛び出してからは何もかもが変わってしまった。

桐子は安易に描いていた未来図が幻に終わった現実を噛みしめる。

息子夫婦はもちろん悪い人間ではない。子育ての真っ最中、桐子はあまり息子のことで悩んだ記憶がない。勉強にも生活態度にもこれと言う難がなかった。

するりと大学まで卒業し、就職して、自分が選んだ相手と結婚した。

世の中の幸せを、適度な蓄財やそこそこの出世、なにより人生の安定に重きを置く価値観が似た夫婦で、それも一つの幸せの形だと思うし、親とはいえ自立した子どもの選択に口を出す権利などない。

だが二人の間に生まれた息子、遥生は違った。決まり事が苦手で自由だった。美術や音楽以外の成績はごく平凡な高校生だった彼に、両親は就職に有利な大学を薦めたが、彼は「美術を学びたい」と切望した。だが、息子夫婦は「将来の安定が一番の幸せだといつかわかるはずだ」と、彼の希望を一蹴した。

――人が大事に思うことってみんな違うんじゃないの？　お父さんとお母さんと僕は全然違う。僕は何か新しいものを、この手で生み出したいんだ！

祖父母の家に来て、怖いほどの真剣な眼差しで遥生は訴えた。

若さ故の青臭さはあるし、真面目に生きる彼の両親が何も生み出していないとも思わないけれど、遥生の全身から迸る情熱が桐子の胸を打った。

この子は自由にさせたほうがいい。野生の性質を持っていると桐子は感じ、夫も「遥生は好きなことをしなさい。そのほうが君は幸せになる」と言った。

人には個性があり、生き方が違うのだと、桐子はつくづく思い知らされた。

だが息子夫婦にはそれが理解しがたかったらしい。孫の人生は孫のものと割り切れる祖父母と違い、子どもの人生を生涯にわたって保証してやりたいと願う親は、自分の価値観を押しつけてしまう。

そして自分の望まない将来を受け容《い》れることが、遥生にはできなかったのだ。

桐子の夫、遥生の祖父が他界すると同時に遥生は家を出た。

彼を理解し、「遥生は好きなことをしなさい」が口癖だった祖父がいなくなり、彼を家に引き留めるものはもうなくなったのだろう。

何の連絡もなく、今はどうしているのかもわからない。

桐子はベランダをひゅっと横切るヒヨドリを見つめた。

遥生は野鳥なのだ。きっと好きなところへ飛んでいったのだろう。

「……He is just like a wild bird.（彼はまるで野鳥のようだ）」

桐子は英語で呟く。

夫がいなくなり、孫もいなくなり、息子夫婦とも関係が薄くなった。息子たちは遥生を諭さずに甘やかした祖父母にわだかまりがあるのだろう。

恵まれた生活でも埋まらない隙間を埋めるために始めたのが、英語だった。

——約束しようよ、お祖母ちゃん

あの約束を守れば、きっと彼も約束を守ってくれるだろう。

「Haruki lives in America. I will meet him someday.（遥生はアメリカにいます。いつか会えるでしょう）」

そう呟いたとき、固定電話が鳴った。

「……誰？　保険会社かしらね……」

夫も亡くなり、息子夫婦や友人は携帯電話にかけてくる今となっては固定電話など無駄だと思うが、遥生から電話がありそうな気がして残している。だから留守番電話にすることもできないまま、桐子はそっと受話器を取った。

「あ、いた！　良かった」

弾むような声が桐子の耳から全身に響き渡った。遥生だ、とその瞬間に桐子にはわかった。待ち続けた甲斐があったのだ。

「遥生?!　遥生なの？」

「そうだよ。ハルキだよ。わかった？」

「すぐにわかったわよ。お祖母ちゃんが遥生の声を忘れるわけないでしょう」

喜びのあまり桐子は普段出さない大きな声を出した。

「今どこにいるの？　アメリカ？」

一瞬間があいたがすぐに、「そうそう。よくわかったね」という声が聞こえる。

「わかるわよ。だって遥生はずっとアメリカに行くって言ってたじゃない。約束したでしょ」

少し大人びているけれど、明るく優しい声の響きは遥生そのものだ。

「うん……そう。覚えていてくれて嬉しいよ、お祖母ちゃん」

受話器から流れてくる声に少し涙が混じった気がした。

「それでね、急で悪いんだけどさ、アメリカで仕事の資金繰りが……」

何か言いかける声を遮るように、桐子は弾む気持ちのまま口を開く。

「I keep my promise with you. I study English every day.（あなたとの約束を守っているわ。毎日英語を勉強しているの）」

「は？……何、言ってんの？」

ふいにトーンが下がった声に小馬鹿にした色が混じり、桐子は口を噤んだ。

「ちょっと、お祖母ちゃん。大丈夫？　ボケちゃったとかないよね？」

「あなた、遥生……なの？　本当に？」

「そうだよ。ハルキに決まってんじゃん。それよりいきなりわけわかんないこと話し出してさ、やばくない？　お金とか騙し取られてない？」

「……そんなわけないでしょ……ちゃんとしてるわよ……」

「ならいいけど。でさ、ちょっと悪いんだけど、オレ、仕事の資金がさ……」

――ボケちゃった……やばくない？　……お金とか騙し取られてない？

間違い電話だ、それも意図的な――桐子はようやくそう気がついた。

たとえ何年経ったとしても遥生が祖母に向かって、ボケとか、やばくないか、などと言うはずはない。あの子はそんな子ではない。

桐子の胸の中、激しい喜びの反動のように、暗い絶望が取って代わった。

＊＊＊

いつものカフェでカフェオレを前にした桐子は、昨日の出来事が胸に重くのしかかり、テキストを開く気にはなれない。

悲しいよりも悔しかった。

振り込め詐欺に騙されたというニュースを聞くたびに、年寄りを騙すなんて本当に酷い話だと思うと同時に、何故騙されるのだろうという疑問も湧いた。息子や孫の声なら聞き間違うはずはないだろう。年寄りに金の無心をするような子だったのかどうかくらい、想像がつくだろうと不思議だった。

だが自分が騙されかけてやっとその気持ちが理解できた。

愛しているからだ。ただただ息子がかわいい。孫が愛おしい。何かあったなら子どもの頃のように助けてやりたいという気持ちが身体中に溢れて来るのだ。

――人でなし！

桐子は胸の中で自分を騙そうとした男を罵る。誰もが持つだろう優しさを、愛を、無残に利用する人間はこの世から跡形もなく消えてしまえとさえ思う。

人生も後半に来て、こんな悲しい思いをさせられるなんて思いもしなかった。

カフェオレのコップをぼんやりと見つめる桐子の頬を涙が伝う。

「どうしました？　ご気分でも悪いのですか？」

静かな声に顔をあげると、気遣わしげな顔をした岡嶋と目が合った。

「なんでもないの……孫の振りをした振り込め詐欺にあってしまっただけ」

遥生に似た彼の顔を見ていると、昨日の出来事を打ち明けたくなった。

「それは……大変でしたね」

屈み込んで桐子と目線の高さを合わせて、岡嶋が言う。

「警察には届けましたか？　騙されて恥ずかしいなんて思う必要はないです。騙したほうが絶対に悪いんですからね。堂々と届けるべきですよ」

「ええ。そうね。そうするわ。でもね、お金は取られなかったのよ」

涙を拭って桐子は無理矢理に笑顔を作った。

「てっきり孫だと思ったから、日頃の成果を見せたくて、英語で話したの」

驚いたように岡嶋はふっと目を見張る。

「そうしたらね、お祖母ちゃん、ボケちゃったの？　やばくない？　とかって言われて……ああ、これは違うなって……ね……」

そこまで言ったとき、桐子の目からまた涙が溢れた。孫を騙った彼の小馬鹿にした口調と、あのときの失望が蘇ってきて、桐子の心をもみくちゃにした。

「そうですか……それは良かったですね」

桐子にカフェの紙ナプキンを差し出しながら岡嶋は静かに言った。

「良かった……？」

「ええ、だって、遠くにいてもお孫さんがお祖母さまを守ったんですからね」

「……私を守った……」

思いもかけない言葉を繰り返す桐子に、岡嶋は「はい」ときっぱりと続ける。

「お孫さんとお客さまの深い繋がりが、お客さまを助けたんです。悲しくて嫌な出来事でしたが、素敵なこともわかったと、僕は思います」

「……素敵なことがわかった……そうね、本当にそうね」

桐子は自分の体に染みこませるように言いながら深く頷く。

世の中がいいことばかりでできていないのは、これまでの人生でよくわかっていたはずだ。それならばいいことを考えるほうが、この先の日々を照らす灯火になる。

「じゃあ、私はもっと勉強を頑張らないといけないわ。いつかあの子に会いに行く日のために」

涙の跡を頬に残したまま桐子は力強く言い切った。

偽物ビジュー

浜野稚子

ステンドグラスがはめ込まれたガラス扉を引くとドアベルが鳴った。飴色《あめいろ》の木製のカウンターやテーブルにあずき色の革のソファ、橙色《だいだいいろ》がかったライトが灯る店内。カフェというより喫茶店という雰囲気だ。マスターだろう、カウンターの中のオールバックの中年の男が「いらっしゃい」と微笑む。八の字を描く眉に明人《あきと》はなぜか懐かしさを覚えた。平日の昼下がり、スナック街の路地裏という立地ではあまり客も入らないだろう。明人の他に客はない。窓際の二名席の椅子に腰を下ろし、ジャケットを椅子の背もたれに掛けた。

「連れが来たら注文するから」と水とメニューを運んできたマスターを下がらせ、鞄からスケッチブックを取り出す。美沙《みさ》に勧めるネックレスをデッサンしてきた。暗い印象の美沙には華美なデザインだが彼女の誕生石を使った商品がこれしかなかった。「いい宝石を持っていると見合った自分になれるよ」とでも言って誤魔化《ごまか》すか。二十五歳の美沙は姫路《ひめじ》でＯＬをしているという。知り合った日に十万円の商品を現金で買った上客だが、明人を見る思いつめた表情から察するに感傷的で重いタイプに違いない。早めに別れを切り出そう。明人は頬杖をついて息を漏らした。

勤めていたアパレル会社が倒産し、明人は二十四歳で宝石を扱う今の会社に入った。デート商法を使う詐欺組織と知ったのは営業を始めてからだ。偽名の名刺を持ち関東出身神戸《こうべ》在住という略歴を騙って三年経つ。その間に会社は何度か名前を変え事務所を移動した。線の細い外見が女性に警戒心を持たれにくいのか、明人はまずまずの営業成績でなんとなく仕事を続けている。「無名のアクセサリーデザイナーなんだ」と自己紹介してデッサンした商品を見せると、客は明人のデザインと勘違いしてローンを組んでくれた。実際はアジアのどこかの工場製だ。価値は詳しく知らない。偽物か本物かなんて確かめる必要があるだろうか。明人は価値がある本物と思って売る。信じるか信じないかは客の判断だ。俺なら信じないけど。自嘲気味に呟きスケッチブックを閉じる。

水のグラスを取ると紙のコースターが一緒に持ち上がった。コースターの表面には『カフェ・ビジュー』と店名が入っている。ビジューはフランス語で宝石。明人はコースターを裏返し落書きを始めた。昔少年漫画雑誌に連載されていた『ビジューバタイユ』という作品の、宝石を擬人化した正義の戦士の絵だ。作者が明人の通う小学校の卒業生で特に地元で人気があった。誰もが磨けば光るという漫画のメッセージに明人も感化された。あの頃は純粋だった。今はもう自分が磨いても光らない石だと気づく程度に大人だ。

子供の頃、父が単身赴任のため、母とふたり暮らしだった。やがて母に恋人ができ、明人はひとり漫画を模写して過ごすことが増えた。不安な夜、どれだけ宝石の戦士を描いただろう。月に一度帰る父に、明人が母の不実を伝えることはなかった。家族の平和を守ることが明人に出来る正しいことだと信じていた。

『少し遅れます』と美沙のSNSアプリのメッセージを受信した。先にコーヒーでも頼むかとカウンターに目をやり、壁に掛かった色紙に気づく。あれは――。

丸っこい「中川《なかがわ》」という縦書きの漢字の下に「あきら」と小さくひらがなの横

書きが添えられたサイン。『ビジューバタイユ』の作者、中川あきらのものだ。血管に突然血が流れだしたみたいに鼓動が速くなり、明人は思わず椅子から腰を浮かせた。なんでこんなところに？　『ビジューバタイユ』が連載を終了してから十六年は経つ。何か？　というマスターの視線に、明人はおずおずとコーヒーを注文した。

中川あきらが小学校で凱旋《がいせん》講演をしたのは連載終了の前年、アニメ化が決定した年だ。明人は五年生だった。中川は今の明人くらいの年齢だったと思う。力強い作画に反しておとなしそうな若者、顔はよく思い出せないが明人にはどんな芸能人よりもスターだった。講演後の質問コーナーでは緊張して手も挙げられなかった。中川が残したサイン色紙は校長室前のガラスケースに飾られた。しばらく色紙の前に人山ができていたが、一か月もすると色紙を見に来るのは明人だけになった。明人はガラスケースの上にノートを開き、中川の筆運びを真似てサインの練習をした。自分で考えたペンネーム「中川あきと」のサインだ。サインペンと色紙を使って完成させた渾身の一枚を、明人はランドセルに忍ばせて学校に通っていた。

マスターがコーヒーを持ってくる。明人はコースターの落書きを隠して、「あの色紙って、漫画家の？」とカウンターを指した。マスターは頷き、「僕の弟なんですよ」と答える。「死んでからもうずいぶん経ちますけどね」

中川に兄弟がいたことも死んだことも知らなかった。マスターにビジューバタイユを読んだことがあるかと問われ、少しだけと答えた。胸の奥がひりつく。マスターは人懐こい笑みを見せてカウンターに戻っていった。

小学五年のあの日の放課後、明人は校長室前のガラスケースから中川あきらの色紙を持ち出そうとする女の子を捕まえた。おかっぱ頭で体は小さい。たぶん低学年だ。

「それ、ケースから出したらダメやぞ」

明人は女の子の腕を摑み、精一杯の低い声を出した。振り返って明人を見た女の子は、怯《おび》えた面持ちだった。

「お、お兄ちゃんが好きだから、ビジューバタイユ」

「俺かて好きや。みんな好きやからここに見に来るんやろ」

「でもお兄ちゃんは来れないから。東京の病院にいて、月曜日手術で頭切るの」

「頭切る手術？」

大きな病気だろうというのは子供ながらに想像できた。明人は力が抜けたような気がして女の子からゆるゆると手を離す。

「お兄ちゃん、お母さんを独り占めして嫌いだけど、痛いのはかわいそう。ビジューバタイユの作者のサイン見たら喜ぶと思って。これ、本物でしょう？」

女の子が目をしばたたかせ涙をこらえているのがわかる。明人は拳を握った。

「兄貴に見せたら返すんやで、ちゃんと返すんやったら、……ええと思う」

「手術が終わって、お兄ちゃんが治ったら返す、絶対」

宝石の戦士は弱いものを助けるのだ。ケースに飾られたまま忘れられていくのなら、本当に見たい人に見せた方が中川あきらも喜ぶだろう。

「ほんならお前が返すまで、ばれへんようにこれ入れとくか」

明人はランドセルから自分が書いたサイン色紙を出した。上手く書けたと思っていたが、本物と並べると力が入り過ぎていてペンの滲みが目立つ。

「え？　このサイン……あき、と？」女の子の「と」の音はひっくり返った。

「俺が大人になったら使うペンネームや」

そう言ったとき、明人は初めて秘密を打ち明けたような緊張を覚えた。

「えっ？　漫画描けるの？　すごい。漫画家になるの？」

「たぶん。将来の夢や。ダメかもしれへんけど、漫画ちゃうかったとしても、なんか発表するときはこの名前を使うつもりや」

「うわぁ、そしたら、こっちの色紙もいつか本物になるねっ」

女の子の勢いに圧されて明人の気分も高揚した。指切りをして別れ、明人はスキップで家まで帰った。中川あきとのサインを本物にすると心に決めた。

しかし色紙が入れ替わっていることはすぐにばれて、明人は職員室に呼ばれた。女の子が本物の色紙を返すまでは秘密を守ろうと明人は黙っていた。色紙はすぐに戻ると信じていたのだ。泥棒と呼ばれ、持ち物に悪口を落書きされたり捨てられたりしても明人は耐えた。母の不貞が父に知れた時期で、両親にも相談できなかった。漫画ならこんなとき宝石の戦士が助けに来てくれるのに現実は違う。真実を話そうかと心が揺らいだときには、明人の話を聞いてくれる人はいなかった。恨めしい気持ちで低学年の教室も覗いたけれどあの女の子の姿はなかった。明人はいつしか漫画の模写もやめてしまった。

「いらっしゃい」

マスターの声に明人は我に返る。店の入り口で息を切らしているのは美沙だ。

「長い間お待たせして……申し訳ありません」

向かいに座るなり大げさに謝罪する美沙に明人は苦笑いする。「いいよ」と言いかけた明人を制して、美沙がベージュのトートバッグから出したのは表面が褪せて黄ばんだ一枚の色紙、中川あきらのサインだった。

「兄が治ったら返すって約束しましたよね。……なのに、お返しするタイミングがわからなくなってしまって……すみません」

美沙は弱々しい視線で明人を見る。明人は呆然と見つめ返す。差し出された色紙を受け取り、声が上ずらないようゆっくり発声した。

「……で？　お兄さんは？　手術したの？」

「はい、手術は成功したんですけど。……私、手術したらすっかり良くなるものだと思っていたから。それですぐに返せると考えていて。ごめんなさい」

「なかなか治らなかったってこと？」

「亡くなりました」と美沙は目を伏せた。美沙の兄は手術後二年入退院を繰り返した後帰らぬ人となったそうだ。色紙は生前ずっと兄の枕元にあり、美沙は学校から持ち出したと言い出せなかったという。言い訳だと明人は思った。

「私の実家は埼玉《さいたま》なんですけど、兄の手術の前私はこっちの祖母の家に預けられていました。それで色紙を借りたんです。あの後すぐ祖母も体調を崩して、私は埼玉に戻されました。明人さんと約束したし学校に色紙を返さないとって思ってたのに、機会がないまま時間だけが過ぎてしまって……。去年ネットで中川あきらさんのお兄さんがこのお店をしてると知って相談に来たんです」

「色紙は美沙ちゃんに持っていてほしい言うたんです、僕が」マスターが美沙の前に水のグラスを置く。「今の子は弟の漫画を知らへんし、学校に返すより美沙ちゃんか『中川あきと』君が持ってる方があきらもうれしいんちゃうかな」

「いや、俺はいいです。もう、別に何の思い入れもないんで」

マスターは明人を『中川あきと』かもしれないと思いながら漫画を読んだことがあるかと聞いたのか。明人は腹立たしくなって色紙を美沙に押し返した。

「すみません」と美沙が再び首を垂れ、マスターは八の字の眉をさらに下げた。

「仕事で姫路に配属になって、偶然明人さんの同級生だという先輩に会ったんです。三宮《さんのみや》の駅前で声をかけてきた宝石販売員が、偽名だったけどたぶん小学校の同級生だったって。中川明人って名刺を見せられてピンときました」

六年生の夏に両親が離婚して明人は父親の赴任先に引っ越した。地元の配属になっても、偽名を使えば誰にも気づかれないだろうと思っていた。

「明人さん目の下にホクロがあるでしょ？　それに面影が残ってるから。女の人は化粧で変わっちゃうからわからないかもしれないけど、男の人は……」

美沙は化粧っ気のない顔を歪めた。「私もコーヒーお願いします」という美沙の注文を受け、マスターはカウンターに戻る。

「会社の先輩から明人さんが色紙のせいで辛い思いをしたこと聞きました。それが原因で引っ越したって。……私が色紙を持って行ったこと内緒にしてくれたんですね。みんなにひどいことされて……なのに」

「ああ。持ち物に死ねって書かれるわ、捨てられるわ。最低だった。思い出したくもない。それより再会してすぐに俺だってわかったのになんで黙ってた？」

「すみません。申し訳なくて。明人さん子供の頃と違ってて……しんどそうで」

「覇気《はき》がないって意味？　なんであんたが申し訳ないの？　あんたのせいで俺がいじめに遭っていじけた人生送ってると思って？　あほらしい。恨むなんて面倒だからしないし、誰も信じないって決めたんだ。夢を追いかけてないからがっかりしたとか言うなよ。俺はもう漫画なんか見たくもない」

悪意をたっぷり込めた。美沙は眉根を寄せ、唇を震わせている。明人だってこんな嘘つきで情けない男になるつもりはなかった。宝石の戦士に憧れていたあの頃は。がっかりしたなら勝手にがっかりしててくれ。明人に誰よりも失望しているのは明人自身だ。立ち上がろうとした明人の手を美沙が掴む。

「私、どうしたら償えるか、今の明人さんの役に立てることを考えて、貯金をあるだけおろしてきました。……たった七十万くらいですけど、これで買えるアクセサリーはありますか？」

「……ないよ。そんな商品」

「でも、この前はきれいなデッサンたくさん見せてくれて――」

「そんなの何の足しにもならない。上客は高額ローン組んで俺を助けてくれる」

明人はブリーフケースからローン契約書を出してテーブルに放り投げる。

「じゃあ、一番高いもの買います、私」

美沙は用紙を引き寄せて明人のボールペンで記入を始めた。趣味の悪い金色のブレスレットが揺れる。前回明人が売ったものだ。勤務先というところで、美沙はペン先を浮かせたまま固まる。

「……この欄空けておいていいですか？　……会社、辞めちゃったんです」

「は？　無職？　親の仕送りでもあるのか？」

美沙は首を横に振り、額がテーブルにつきそうなほど項垂《うなだ》れる。髪が前に流れて後頭部に出来た五百円玉程度の地肌が覗く。無職で貯金を全部おろして貴金属買ってどうするんだ。すべて捨てる心境とはどんなものかと考え明人はハッとした。死ぬ気か？

「兄が死んで母は気がおかしくなって、父は別の女の人のところに。祖母も亡くなって頼れるところはないです。仕事もうまくいかなくて……」

色紙を持って帰らないあの子にもきっと何か事情があると思っていた。明人が両親の修羅場《しゅらば》の離婚劇の末、父親に引き取られることになったように。子供は自分の意思だけでは動けない。色紙を返さないのではなく返せないのだとどこかで女の子を信じていた。明人はあの子にとって正義の宝石の戦士でありたかった。いつか本物のサインを渡してやれる人になろうと思っていた。そして、そうなれなかった自分に不貞腐《ふてくさ》れていたのだ。

マスターが美沙のコーヒーを運んでくる。明人は美沙の書きかけの用紙を取り上げ、勢いよく縦に裂いた。美沙が「ひぃ」と悲鳴を上げて身を縮める。

「嘘や。こんなもん書かんでええ。全部偽物なんや。俺が売ってる宝石も今の俺も全部、偽物。そやからあんたに売るもんは何もない。あんたが全部なげうって買うような価値のあるもん、俺は売ってないねん」

擦れた声の関西弁が出た。コーヒーの湯気が慰めるように漂う。美沙が真っすぐに明人を見つめる。

「明人さんは偽物じゃないです。私、三宮駅前で明人さんを見つけたとき本当に希望が見えた気がしました。願えば叶うって。これで約束が果たせるって。明人さんが私を信じててくれてうれしかった。あなたは優しい人です」

マスターが少し離れたところでそっと頷いた。その佇まいに明人は中川あきらの姿をはっきりと思い出す。

「コーヒー飲んだらハローワークやな」

明人が呟くと、美沙がまた「すみません」と謝る。

「ちゃうよ。俺も就職活動せなあかんねん。今度は本名で生きられる仕事探す」

「……明人さん」

「明人ちゃう。俺のほんまの名前は、山田拓郎《やまだたくろう》や」

ここから本名でやり直そう。自分は磨けば光る原石と信じて。

コーヒーの味

水城正太郎

今日は死ぬのに良い日だ。

そう言ったのはネイティブ・アメリカンの誰だったっけ？

そんな無駄なことを考えてしまうのは、上を見ても太陽が眩しくないからだ。どんより曇っていて、今にも雨が降りそうで、飛び降りるのに丁度いいビルを探すのにうってつけの天気だった。

遺書は用意していないが、死ぬことは前から考えていた。友人と起こした会社が傾き始めてからは地獄だった。日々続く喧嘩と取引先への土下座、ついには友人と社員たちが俺を裏切っていたことまでわかり、金と人間関係のすべてを失った。情けないのはそんな友人たちを信じた自分だ。

肩を落として歩いている姿が通りの窓ガラスに映っていた。徹夜明けでボロボロの情けない姿だ。会社が潰れたのを知った債権者が会社に押しかけてくるのに謝りながら、書類を捨てていく作業を終えたところだ。自宅からも会社からも離れたどことも知らぬ駅に降り立って、死に場所を探している。

　こんなときはどこまでもツイていない。外からフラリと入って屋上に上がれるようなビルはすぐには見つからず、もう一時間以上も歩いている。駅からずいぶん離れてしまったが、少し休まないと戻る気力もない。

　ポケットを探ると、なけなしの小銭が出てきた。千円くらいはある。近くに喫茶店もある。最後のコーヒーというのも悪くない。多少収入があった頃、淹れるのに凝ったことがあったが、ゆっくりコーヒーを楽しむ時間なんてここのところはまったく持てなかった。

『喫茶やまもと』と真新しい看板にあった。出来たばかりの個人経営店ということだろう。小さい店に入ると、カウンター席しかない。味にこだわっている雰囲気がある。

　無言でカウンター席に座ると、オールバックに口ひげのマスターがメニューを差し出してきた。豆の種類のみが書かれていた。

「ブレンド」

豆を選ぶような気分でなかったので、それだけ言ってカウンターに肘を突き、頭を抱えた。これまでにあった様々な暗い記憶が後悔とともに押し寄せてくる。何も良いことがない人生だった。低ランクの大学に行った段階でも平均より下の人生だったのに、一発逆転とばかりに友人の起業に便乗したのがいけなかった。そこからは転落人生。裏切り、恫喝《どうかつ》、窃盗《せっとう》、逃亡……いろいろあった。

うつむいていたら、湯気を立てたコーヒーカップが前に置かれた。

これが最後に口に入れるものになるのか。

すするように最初の一口を飲む。

ブッ！

不味《まず》い！

安手のコントみたいに、口に入れた分を吹き出していた。

酸っぱくて、焦げ臭くて、油が酸化した味がした。

「ふざけるなよ、なんだよ、これは……。俺にとって最後なのに、こんなのってあるかよ……」

涙が頬を伝っていくのがわかった。最後に口に入れるものがこんなものだなんて、俺はどこまでツイてないんだ。そして、コーヒーが不味い程度のことで泣いている自分の情けなさを思うと、さらに泣けてくる。

もう手近な三階建てのアパート程度の高さでいいから、すぐに飛び降りよう。そう思って席を立とうと顔を上げると、目の前にマスターの顔があった。

「あのぅ……そんなに不味かったですか？」

心配そうな声で聞いてくる。普通の精神状態なら誤魔化《ごまか》しただろうが、今は嘘をつくような気分じゃない。

「不味かった。今までで一番ひどい」

「申し訳ありませんでした。お客さん、外国か何かに行かれるんですよね。日本のコーヒーはこれで最後みたいなことをおっしゃってたので」

そう言えば、俺にとって最後とか口走ってしまった気がする。だが、誤解しているなら誤解しているでいいだろう。思う様、怒りをぶつけることにする。

「いい加減にコーヒー淹れてるんじゃないよ。焙煎《ばいせん》を自前でやってんならムラくらいないようにしろよ。焙煎キツめなのに金属フィルター使ってるから癖がある味になってる。そもそも豆の管理まるで出来てないだろ。さらにそもそもの話、味見してないだろ！　基本どころか、どうかしてるぞ！」

自分でも驚くくらい言葉がスラスラ出てきた。文句を言う時だけ元気になるのはどうかと思うが、荒《すさ》んだ心がそうさせたらしい。マスターもここまで言われたら怒るかへこむかしかないだろう。

「お客さん、コーヒー詳しいんですか？」

いや、違った。マスターは目を輝かせて俺に顔を近づけてきた。

「趣味でやってた程度だよ」

「それでも私よりは上手そうだ。一通りの淹れ方を教えてくれませんか？　事業を始めようと思ったら、ちょうど格安の居抜きで喫茶店ができることになったから、急いで開店したばかりなんですよ。だから、コーヒーはまるで素人で」

無邪気に人を信じている顔でマスターは俺の手を握ってきた。なんで俺がそんなことをタダでやらなきゃいけないんだ。

「教えるわけないでしょう」

「いや、外国に行く前の良い記念だと思ってくださいよ」

「嫌だよ」

「コーヒーという癒やしのない外国だと自分で豆から淹れることになるじゃないですか。その時の予行練習にもなりますよね」

少しも悪意のない笑顔でマスターは押してくる。死にたい時に一番会いたくない相手だ。押し問答を繰り返すことにも面倒さを感じてきた。

「わかりましたよ。手順を一回やるだけですよ」

「ありがとうございます！　それじゃあ、こっちから裏に入ってください」

マスターはカウンターの一部を持ち上げて内側に入れる通路を開けて俺を呼

び込むと、そのままさらに裏側のバックヤードに手を引いて行った。

「カウンターの内側で十分でしょうに」

「鏡と洗面台があります。手と顔を洗ってエプロンをつけてもらえますか？」

バックヤードの支度室で俺は腰につけるエプロンを受け取り、ハンドソープで手を洗い、鏡で自分の顔を見た。目が濁っていて、顔色も青ざめている。ひどいざまだ。

顔を洗ってエプロンをつけた。

「準備できましたか？　これが豆なんですが」

マスターが床に置いてあった麻袋を指差した。中を見ると、ビニールの内袋の上が開いたままだ。

「生豆は長持ちするけど、湿度だけは気にした方がいいですよ。ビニールを閉じて日が当たらない場所で常温で置いておけばいいだけです。結露だけは良くないので、温度を一定にして保管します。それから焙煎する分を洗います」

「洗うんですか？」

「知らなかったんですか……まぁいいです。米を研ぐみたいに洗ったら、布巾の上に広げて水分を取りながら、割れたり虫が食ってたりする豆をはじきます」

「そんな手間をかけるんですか」

「生豆だと質が悪い豆が混入するのは当たり前なので。それから焙煎です。機械は何を使っていました？」

「これですね」

マスターはアルコールランプの上に回転する金網カゴがついている器具を持ち出してきた。それが置かれた脇を見ると、電気式の自動焙煎機が置いてある。

「こっちは壊れてるんですか？」

「さぁ？　使ったことないですね」

「多分、その手回し式の焙煎機は飾りですよ。焙煎しても二、三日は味は落ちませんので、商売の場合は事前に大量に焙煎しておくんです。少ししか焙煎できない上にムラができる手回し式は家庭で使うものです。自動の方が味も安定します」

俺もコーヒーを淹れ始めた頃、カッコつけて固形燃料を使う手回し式を買ったことを思い出した。火の調整も難しいし、回すのにも飽きるしですぐに使わなくなったんだっけ。

「焙煎は十分から十五分くらいかかります。機械だと火力が一定なので、豆の種類と焙煎時間を表にして味を確かめるべきです。今回は中程度にします」

機械のタイマーをセットして、ため息をついた。マスターは感心した顔でこちらを見てくる。

「いや、お詳しいじゃないですか」

「学生時代から起業してすぐの頃にかけてカッコつけてやってただけです」

「起業？　会社を作られたんですか？」

そのことは言いたくなかったが、口をついて出てきたのだから仕方ない。

「俺がじゃないですよ。友人が作るって言ってたのに流されただけで」

「それにしたってすごいですよ。私なんてこの小さな店だけで四苦八苦で」

マスターが謙遜している間に、焙煎されたコーヒーの良い香りがしてきた。

その香りで、脳に電撃が走ったように感じられた。いきなり過去の記憶が蘇ってきたのだ。大学の最終年、卒業に必要な単位をもう取ってしまって暇になった頃、小さいアパートで自家焙煎に挑戦したのだ。まだ焙煎機を買う前で、コンロに直接フライパンをかけて、ワクワクしながら香りを楽しんでいた。もちろん味は悲惨だったが、あの頃は何をするにも楽しんでいたし、何か夢を持っていた気もする。そうだ、友人の起業に誘われる前に考えていたことがあったはずだ。俺の夢、それは一体何だったっけ……。

ドアベルがカランと鳴ったことで、ハッと我に返った。来客だ。どうやらぼんやりしていたらしい。

大学生くらいの若い男が入ってきた。やたらと暗い顔をして、うつむいたまま何も言わずにカウンター席に座った。マスターがメニューを出して「今、コーヒー一種類しか出せませんがいいですか？」と言った時も、彼は心ここにあらず、といった風でうなずいただけだった。

「それじゃあ、コーヒーお願いできますか？　お客さんの第一号ですね！」

マスターが俺に言った。意味が一瞬わからなかったが、今、焙煎が終わったばかりのコーヒーを出せということらしいと気づいた。

「俺がやるの？」

「だって、私よりは絶対においしい。あなたなら出来ます！」

俺なら出来るかどうかはともかく、客である俺が淹れるってのは妙な話だ。だが文句を言っても面倒なことになるだけだろう。

「じゃあ、よく見ておいてくださいよ。ミルも手回し式は時間がかかるだけなので、電動でいいです。挽き具合は中程度で止めないと金属フィルターの場合、オイルが出すぎます。お湯を注ぐときは蒸らしを含めて、すべての過程でフィルターに直接お湯がかからないようにします。他のフィルターと違ってお湯がそのまま抜けてしまうので……」

俺は説明しながら集中してコーヒーを淹れていたが、一通り終わって顔を上げると、マスターはカウンターに身を乗り出して若者と何やら話し込んでいた。

「聞いてないのかよ！」

思わず突っ込むが、向こうは会話を止めなかった。

「卒業したら起業するって友人に、一緒にやろうと誘われていて、どうしようかと悩んでいたんです。成功したらけっこうなお金も入りそうだし……」

「悩んでいるってことは、他にやりたいことがあるんですか？」

「青年海外協力隊に応募してみようかと思っていたんです」

ぼそぼそと若者は言った。

ああっ！　俺の頭の中で何かが音を立てたように感じた。そうだ、俺は独りの部屋でコーヒーを淹れていた時、青年海外協力隊に行こうと考えていたのだ。

すっかり忘れていたが、今になってみればわかる。あれは本気だった。大学卒業頃の若造なんて何も社会のことはわかっちゃいないが、その頃の漠然とした夢は、自分で決めたものであれば、間違いなく本気になるだけの価値がある。

「割り込んで悪いけど」

俺は完成したコーヒーを若者の前に置いた。彼は顔を上げて俺の方を見た。情けない気弱な表情をしていた。彼には何か言ってやらなければ。

「起業ってのは、友人の夢だろ。君の夢じゃない限り、絶対にそっちに乗っちゃ駄目だ。起業は八割くらい失敗する。その時、自分の夢じゃなければ失敗に耐えられないぜ。それに成功しても、友人とは友人関係のままじゃいられない。対等の関係の経営者は会社に二人は存在できない。どっちにしろ君は君で決めた仕事をしないと将来不幸になるんだ」

無意識の内に身を乗り出していた。若者は驚いたように体をそらしていたが、俺が話し終わると「そうですよね……彼が成功してからだって、会社には協力できますもんね」と納得したように言った。

「いや、出過ぎたことを言った。コーヒー、飲んで」

勧めると、若者はカップに口をつけた。

「おいしいです。オイルがこんなに浮いているのははじめてでしたけど、いいものですね」

若者はしばらく前よりは確実に落ち着いた顔になって、コーヒーを飲み終えると、金をマスターに払って出ていった。

「良かったですね」

マスターが俺に笑いかけた。

「良くないよ。コーヒーの淹れ方、見てなかったでしょう。もう一度やるんで、覚えてください」

俺はフィルターを洗って、もう一度ドリップしようと支度をはじめた。

「いや、良かったのは、あなたのことです」

「俺？」

「もう自殺しようとしている顔には見えない」

微笑みとともにそう言葉をかけられ、一瞬、動きが止まった。

マスターはずいぶんおせっかいな人柄らしい。最初から見抜いていて、俺をなんとか元気づけようとしてくれていたのか。

「そうか……そうでしたか……それと気づかずに失礼なことをしました。そりゃあそうだよな、コーヒーにこだわった喫茶店を作った人が、あんなに不味いコーヒーを出すわけないもんな」

俺は泣きそうになりながら笑った。

「いえ、コーヒー素人なのは本当です。改めて教えてもらえますか？」

マスターは真顔で言った。

少なくとも彼がおいしいコーヒーを淹れられるようになるまでは生きていようと思った。

注文の少ないクソ客と
注文の多い神客

南潔

「猫耳メイドカフェにご帰宅しませんか？　今ならテーブルチャージが一時間無料、特典いっぱいの会員証発行も無料ですよー」

平日の午後、鈴《すず》は雑居ビルの前で、通行人にビラを配っていた。

鈴の勤める『にゃん×2めいどかふぇ』は、猫耳とメイド服を着用したキャスト達が、ご主人様、お嬢様という名の客にお給仕するというコンセプトのカフェである。流行《はや》り廃《すた》りの激しいコンカフェの中でも長く続いている老舗《しにせ》だ。

18歳になり、憧れだったメイドカフェのキャストに採用されて一ヶ月。カワイイと夢がいっぱいのアルバイト先は、想像以上にシビアな世界だった。

コンセプトカフェは、非日常な世界とキャストとの交流を楽しむ場所だ。鈴の働く店にはキャストがつくるドリンクやキャストと一緒に撮るチェキなどのメニューがあり、客はそれを頼むことによって、お気に入りのキャストとおしゃべりしたりミニゲームをしたりすることができる。人気があるキャストは客から注文が多く入るので忙しい。反対に人気がないキャストは暇なので、客引きのためビラ配りに回されるのだ――そう、鈴のように。

「おっ、メイドさんじゃん」

若い男の二人組が近づいてきた。二人組はビラを受け取ろうとはせず「学生？」とか「ちょっと話そうよ」と鈴に絡んできた。

「ごめんなさい。今、仕事中なんで」

「えー、せっかくお客さんになってあげようと思ったのに」

ビラ配りをしていると、よくこうした冷やかしに遭う。客として金を落とす気はないのに女には絡みたいという性質《たち》の悪さに、鈴はうんざりしていた。とはいえ店の評判にも関わるので、あまり邪険にもできないのが辛いところだ。

「――おい」

どうやってあしらおうか考えていると、ドスのきいた声がした。振り返ると、茶色のピンストライプスーツを着た中年の男が立っていた。日の光を受け輝くスキンヘッド、鋭く吊り上がった大きな目。その巨体から放たれる威圧感に、鈴に絡んでいた二人組は顔色を変え、逃げるように走り去った。

「あの、ありがとうございました」

長時間のビラ配りで心身ともに疲れていた鈴は、冷やかしを追っ払ってくれた男に礼を言った。男は仏頂面《ぶっちょうづら》のまま「いや……」と言葉を濁す。鈴は実家で飼っていた猫を思い出した。ボスという名の目つきの悪い茶トラの雑種。男の強面《こわもて》に懐かしさを覚えながら、鈴はカフェのビラを差し出した。

「よかったらいかがですか。うちのカフェのメニューです」

ボスは黙ってビラを受け取った。目を通してから、鈴に視線を戻す。

「……男一人で入っても大丈夫か」

鈴は目を見開き、それから「もちろんです」と頷いた。


猫耳メイドカフェの店内は、たくさんの猫グッズであふれている。客席には猫クッション、猫モチーフの食器やグラスをそろえ、フードやデザートも猫をイメージしたメニューが多く、猫グッズ好きにはたまらない空間になっていた。

「私は『にゃん×2めいどかふぇ』のリンと申します。リンにゃんと呼んでください。わからないことがあれば遠慮なく聞いてくださいね、ご主人様」

キャストの猫耳メイドたちは、男性客のことを『ご主人様』、女性客のことを『お嬢様』と呼んで、お世話する。鈴はボスにカフェのシステムや注意事項を説明し、メニューを選んでもらっている間に、キッチンに顔を出した。

「店長、初回の一名様ご案内しましたー」

猫耳と肉球柄のエプロンを着け、パンケーキを焼いている神経質そうな男は、このカフェの店長だ。鈴の報告に、彼は眉間にしわを寄せた。

「ひとり？　もうちょっと呼び込みがんばってくれないと困るよ、リンにゃん」

「……すみません」

ビラさえなかなか受け取ってもらえない中、ようやく一人店に案内できたことを鈴は喜んでいたのだが、褒められるどころか注意されてしまった。

「じゃあ私、またビラ配り戻ります」

「待って。ビラ配りは私がやるから、リンにゃんフロアに出なよ」

再び店の外に出ようとした鈴を引きとめたのは先輩のユズだ。水色のカラコンとふわふわの白い猫耳がよく似合う、カフェの人気キャストである。

「……ユズさん、お客様はいいんですか？」

「うん。今日は『ご褒美《ほうび》』たくさんもらって、お腹いっぱいだから」

キャストがお客から奢《おご》ってもらえるドリンクのことを、『ご褒美』と呼ぶ。ユズをはじめ人気キャストたちは可愛く、コミュ力も高く、客から『ご褒美』をもらえることが多い。顔もコミュ力も普通の鈴には縁遠いメニューだった。

「リンにゃん、ご褒美もらったことないでしょ？　だからお客様譲ってあげる」

「後輩思いだねえ、さすがユズにゃんだ」

ベタ褒めする店長に、ユズは「先輩ですからね」と微笑む。後輩思いなのではなく自分の都合のいいように動いているだけだと鈴は心の中で呟いた。おそらくユズは鈴が案内した客、ボスを見たのだろう。面倒そうな客を避けたいときに、ユズは普段は絶対やろうとしないビラ配りをやりたがる。人気キャストである先輩の言うことは絶対だ。鈴は久しぶりにフロアに出ることになった。

「サラにゃんにオーダーしたいから、早く僕んところに来るよう言ってよ」

鈴を呼んだのは、ビラ配りに出る前から居座っているチェックシャツの男だった。テーブルチャージ料と最初に頼んだドリンク一杯で三時間以上粘っている。鈴が客としてコンカフェに通っていたときは、どうして一時間ごとにテーブルチャージ料がかかるのか疑問に思っていたのだが、働きはじめて理解した。こういう客がいるからだ。

「サラにゃんは他のご主人様のお世話をしてるので、かわりに私が承《うけたまわ》りますね」

「……僕はあんたじゃなくサラにゃんにお世話してもらいたいんだけど」

客が嫌そうに言う。貴重なお金と時間をお気に入りのキャストに使いたい気持ちはわかるが、こうもあからさまに態度に出されると、惨めな気持ちになる。

「私は注文を聞くだけですよ。あとでサラにゃんが届けてくれますから」

「だーかーらー。その注文をサラにゃんと相談しながら決めたいんだよ！」

お気に入りのキャストを何度も呼びつけては注文するそぶりを見せ、結局オーダーせずに話をしようとする客がたまにいるのだが、この男もそのタイプのようだ。先輩のメイドたちは鈴を同情するような目で見てくるが、助けてはくれない。ゴネつづける男を前に、鈴はどうするべきか途方に暮れた。

「おい、そこのチェックシャツの客人」

そのとき、隣のテーブルからドスのきいた声がした。振り向くと、ボスがこちらをじっと見つめていた。

「注文する気がないんなら、俺がリンにゃんさんに注文したいんだが」

自己紹介しても名前を覚えてもらえないことが多いので、ボスが律義に自分の名前を呼んでくれたことに驚いた。ゴネ男は鈴への強気な態度はどこへやら
「す、すんませんっ、お先にどうぞっ」とペコペコとボスに頭を下げた。

「お待たせしました、ご主人様」

助かったと思いながら、鈴はボスのテーブルに移動した。

「すまん。この『メイド特製魔法にゃんケーキ』ってのはなにか教えてくれ」

「私たちメイドが美味《おい》しくなる魔法をかける特別なパンケーキのことです」

指名されたメイドが、ふわふわの猫形パンケーキに魔法という名のデコレーションをする、当店の人気メニューだ。

「じゃあそれを頼む。あとコーヒーをくれ」

「かしこまりました。魔法をかけるメイドは選べますが、ご希望はありますか？」

「リンにゃんさんに頼む」

他の人気キャストが忙しいため消去法で仕方なく鈴に頼む客はいたが、一番に自分に頼んでくれた客はボスが初めてだった。驚いた鈴が一瞬返答に詰まると、ボスが「どうかしたか」と首を傾げる。

「い、いいえ。喜んで魔法をかけさせてもらいますね！」

鈴は足取り軽く、キッチンにオーダーを入れに向かった。

「ではこれから、にゃんケーキに美味しくなる魔法をかけさせていただきます」

パンケーキをテーブルに運んだ鈴は、ボスの視線を感じながらチョコペンでデコレーションする。猫の顔のかたちをしたパンケーキに目と鼻とヒゲを描き込み、皿には今日の日付を入れた。なかなか可愛くできた。

「はい、完成です。どうぞ召し上がれ」

しばらくパンケーキをじっと見つめていたボスが、鈴を見上げた。

「スマホでパンケーキの写真撮っていいか」

「あ、はい。他のお客様やメイドが写らないようにしてくだされば」

ボスが取り出したスマホを見た鈴は、目をまるくした。黒猫のイラストが入った可愛いスマホケースを使っていたからだ。ボスは猫が好きなのだろうか。

「ちょっとそこの黒の猫耳の子、こっち来てくれない？」

斜め前のテーブルにいるサラリーマン風の男が鈴を手招きした。

「なにか御用でしょうか、ご主人様」

「あのさぁ、キミに『ご褒美』あげてもいいかなって思ってるんだけど」

上から目線な物言いをするサラリーマンに、鈴はなんとか笑顔をキープして
「ありがとうございます」と礼を言った。

「そのかわりにさ、キミの連絡先教えてよ」

鈴の笑顔が引きつった。キャストに個人情報を聞くのは固く禁止されている。

「ごめんなさい。メイドさんたちの連絡先は教えられないんですよ。カフェの規則で決まっているので。ご主人様もよくご存じですよね？」

「融通きかないな。他の店の女の子は喜んで教えてくれたのにさ。もういいよ」

男は鈴を追い払うように手を振る。鈴は唇を噛み、テーブルから離れた。キャストとの距離が近いせいか、コンセプトカフェを出会いの場と勘違いしている男性客がたまにいる。もちろん規則を守ってメイドカフェを楽しんでくれる客

もいるのだが、記憶に残るのは嫌な客の方だ。同じ人間なのに、たまに客が意思疎通のできない怪物のように見えるときがある。

「リンにゃんさん」

暗い気持ちで他のテーブルを片付けていると、ドスのきいた声に呼ばれた。ボスだ。テーブルに向かうと、パンケーキの皿は綺麗に空になっていた。

「ご主人様、パンケーキのお味はどうでしたか？」

「うまかった。ごちそうさん」

その一言で、鈴は暗い気持ちが晴れるのを感じた。

「ところで『ご褒美』ってのはなんだ？」

先ほどのサラリーマンとのやり取りが、どうやらボスの耳に入ったようだ。

「メイドがご主人様やお嬢様からご馳走になるドリンクのことです」

「そうか。ならリンにゃんさんも休憩のときにでも好きなもん飲んでくれ」

客から『ご褒美』を入れてもらえたのは、これが初めてだった。

「いいんですか？」

「ああ。そのかわりといっちゃなんだが、教えてもらいたいことがある」

鋭い眼光に射すくめられた。まさかボスも連絡先と引き換えと言いだすのだろうか――鈴は身構える。しかし彼の口から出たのは、予想外の質問だった。

「その子はいくらで買える？」

ボスは鈴の腰元にぶら下がっている黒猫のぬいぐるみを指さした。手のひらサイズのそれは『メイドの使い魔』という設定で、防犯ブザーを兼ねている。

「ごめんなさい。この子は私の使い魔なので、お譲りできないんです」

ボスは「そうか……」と肩を落とす。間違いない、ボスは猫が好きなのだ。

「よかったら、この子と一緒に写真を撮りますか？」

鈴が提案すると、ボスがぴくりと肩を揺らした。

「いいのか？」

「はい。でもフード以外のスマホ撮影は禁止なので、チェキ……インスタントカメラの写真を注文していただくことになりますが」

フード以外の撮影を禁止にしているのは、キャストの盗撮を防ぐためでもある。ボスは躊躇《ためら》うことなく「二枚頼む」と言った。普通チェキはキャストと撮るものなのだが、お客様の撮りたいものを撮るのが一番だ。鈴が猫のぬいぐるみを渡すと、ボスは厚すぎる胸板の前で大事そうに抱えた。

「では撮りますよー」

一枚はツーショット、もう一枚はボスのリクエストで使い魔の猫をピンで撮影した。鈴がチェキに日付とお礼のメッセージを入れて渡すと、ボスはそれをじっと見つめ、丁寧な手つきでジャケットの内ポケットにしまった。

「そろそろ会計してもらっていいか」

「えっ、まだゆっくりしていただけますよ」

「いや、もう食い終わったし、店も混んできたようだしな」

ボスが席を立つ。店の混雑具合まで気にしてくれる客は、初めてだった。

「ご主人様は猫がお好きなんですか？」

会計をしているとき、ボスのネクタイピンに肉球の刻印が入っていることに気づいた鈴は、思わず聞いてしまった。

「ああ。その……猫も好きなんだが、猫モチーフのものを見たり集めたりするのが趣味なんだ。この店も前から気になってたんだが……この外見なんで、なかなか一人では可愛い店には入りづらくてな……」

ボスは相変わらずの仏頂面だったが、その口調はまるで罪でも告白するような、歯切れの悪いものだった。鈴はボスにどんな言葉をかければいいか迷った。

見た目は関係ない――そんな偽善的な言葉ではなく、もっと正直な気持ち。

「ご主人様を、私はいつでも歓迎しています」

鈴はまっすぐにボスを見つめ、微笑んだ。

「ご主人様のお帰りを、心よりお待ちしていますね」

客を見送る際に客に言う言葉。だが、この言葉を心から口にできないときがある。キャストも人間だ。無礼な態度をとる客には二度と来てほしくない。だからこそ、この言葉を心から言わせてくれた彼には感謝しかない。

「……感謝する」

客からお礼を言われたのは、これがはじめてだった。目頭が熱くなる。鈴はなんとか笑顔をキープし「いってらっしゃいませ」と頭を下げた。

憧れだったメイドカフェのキャストに採用されて一ヶ月。カワイイと夢がいっぱいのアルバイト先は、想像以上にシビアな世界だった。呼び込みのノルマをこなせず、客に心無い言葉を浴びせられ、人気メイドと自分を比べて落ち込む日々。でも今は、もう少しがんばってみようと前向きな気持ちになっていた。

ボスを見送った鈴は、目尻に滲んだ涙を拭い、フロアに戻った。

この物語はフィクションです。
実在の人物、団体等とは一切関係がありません。
本作は、書き下ろしです。

PROFILE 著者プロフィール

二人の岐路
朝比奈歩
東京在住。最近はじめたビオトープ。なぜかタニシが増殖して困惑中。著書に『嘘恋ワイルドストロベリー』。『たちまちクライマックス』の1、2、4に参加。どちらもポプラ社刊。

名前のない喫茶店
浅海ユウ
山口県出身。関西在住。著書に『神様の御朱印帳』『お悩み相談室の社内事件簿』『骨董屋猫亀堂・にゃんこ店長の不思議議帳』『京都あやかし料亭のまかない御飯』『ラストレター』『空ガール』他がある。

たしかにあの窓辺が好きだった
石田空
『サヨナラ坂の美容院』（マイナビ出版ファン文庫）で紙書籍デビュー。著作は『神様のごちそう』（同上）、『縁切り神社のふしぎなご縁』（一迅社メゾン文庫）、『吸血鬼さんの献血バッグ』（新紀元社ポルタ文庫）。

ツケのきく店
神野オキナ
沖縄県出身在住。主な著書に『カミカゼの邦』『警察庁私設特務部隊KUDAN』（徳間文庫）『〈宵闇〉は誘う』（LINE文庫）『タロット・ナイト』（双葉社）など。

二十三年分のエスプレッソ
桔梗楓
恋愛小説を中心に執筆。趣味はコンシューマーゲームとレジン制作。著書に『河童の懸場帖　東京「物の怪」訪問録』（マイナビ出版ファン文庫）、『京都北嵯峨シニガミ貸本屋』（双葉文庫）ほか。

ひなたの傷
澤ノ倉クナリ
千葉県出身、長野県在住。マイナビ出版ファン文庫より『黒手毬珈琲館に灯はともる』が発売中。街中に良質なカフェがどんどん増えていって、皆さんに素敵な思い出が生まれますように。

思い出のカヘバー

霜月りつ

富山県出身。執筆はカフェで。珈琲おかわりしてがんばってます。マイナビ出版ファン文庫『神様の用心棒』小学館キャラブン！『えんま様の忙しい49日間』コスミック文庫α『神様の子守はじめました』などの著作があります。

待ち合わせの途中

那識あきら

大阪生まれ奈良育ち兵庫在住。子供の頃の愛読書は翻訳ミステリや冒険もの。ヴェルヌとドイルに出会わなければ現在の自分はなかったと思っている。著書に『リケジョの法則』（マイナビ出版ファン文庫）などがある。

孫はアメリカにいる

鳴海澪

恋愛小説を中心に活動を始める。恋愛小説の個人的バイブルは『ジェーン・エア』。動物では特に、齧歯類と小鳥が好き。既刊に『ようこそ幽霊寺へ～新米僧侶は今日も修業中～』（マイナビ出版ファン文庫）などがある。

偽物ビジュー

浜野稚子

２０１７年『レストラン・タブリエの幸せマリアージュ』（マイナビ出版ファン文庫）でデビュー。関西在住。うっかり出てくる独り言をなんとかしたい年頃。推敲作業が好き過ぎて文章の完成に時間がかかるのが目下の悩み。

コーヒーの味

水城正太郎

『東京タブロイド』（富士見ミステリー文庫）でデビュー。代表作『いちばんうしろの大魔王』（ＨＪ文庫）。鎌倉在住。コーヒー愛はそれなり。とはいえ他のカフェイン摂取手段は好まず。

注文の少ないクソ客と注文の多い神客

南潔

『質屋からすのワケアリ帳簿』、『黄昏古書店の家政婦さん』（マイナビ出版ファン文庫）など、他書籍発売中。

カフェであった泣ける話
～涙の味はビターブレンド～

2020年11月30日　初版第1刷発行

著　者　朝比奈歩／浅海ユウ／石田空／神野オキナ／桔梗楓／澤ノ倉クナリ／霜月りつ／那識あきら／鳴海澪／浜野稚子／水城正太郎／南潔
発行者　滝口直樹
編集　ファン文庫Tears編集部、株式会社イマーゴ
発行所　株式会社マイナビ出版

〒101-0003　東京都千代田区一ツ橋二丁目6番3号 一ツ橋ビル　2F
TEL　0480-38-6872（注文専用ダイヤル）
TEL　03-3556-2731（販売部）
TEL　03-3556-2735（編集部）
URL　https://book.mynavi.jp/
イラスト　丸紅茜
装　幀　徳重甫＋ベイブリッジ・スタジオ
フォーマット　ベイブリッジ・スタジオ
DTP　田辺一美（マイナビ出版）
印刷・製本　中央精版印刷株式会社
日本音楽著作権協会（出）許諾第2008197－001号

 ISBN978-4-8399-7437-4
Printed in Japan